KB085164

호그와트 마법학교 도서관 장서

대 출 자	반 납 일	
R. 위즐리 3권	연체	08 JAN
n 롱보텀 山즘정!		18 FEB
S. 본즈		04 MAR
H. 그레인저		14 MAR
파드마 파틸		24 MAR
E. 맥밀런		29 MAR
M. 벌스트로드		13 APR
H. 그레인저		02 MAY
D. 말포이		05 MAY

경 고 : 이 책을 찢거나 뜯거나 자르거나 둘둘 말거나 접거나 더럽히거나 구기거나 얼룩을 묻히거나 던지거나 떨어뜨리거나, 아무튼지 간에 이 책을 홀대하거나 존경심이 결여된 태도를 보일 때에는, 나의 힘이 허락하는 한도 내에서 가장 끔찍한 결과가 일어날 것임.

호그와트 마법학교 사서 이르마 핀스

《퀴디치의 역사》에 대한 찬사

케닐워디 위스프가 각고의 노력 끝에 완성한 이 연구서
는, 마법사 스포츠에 대해 지금까지 별로 알려지지 않았
던 귀중한 사실들을 밝혀냈다. 참으로 환상적인 책이다.

바틸다 백숏, 《마법의 역사》 저자

위스프는 참으로 재미있는 책을 썼다. 퀴디치 팬이라면 틀
림없이 매우 흥미롭고 유익하다고 생각할 것이다.

《어떤 빗자루?》 편집장

퀴디치의 역사와 기원에 관한 결정판. 꼭 추천하고 싶은
책이다.

브루터스 스크림저, 《몰이꾼의 성서》 저자

위스프는 수많은 가능성을 보여 주고 있다. 만약 위스프가 계속해서 좋은 연구를 한다면, 언젠가는 나와 나란히 사진 찍을 기회가 올 것이다!

길더로이 록하트,《마법 같은 나》저자

이 책이 베스트셀러가 된다는 것에 뭐든 걸겠다. 자, 어서 걸어라.

루도빅 배그먼, 잉글랜드 윔본 와스프스의 몰이꾼

그래도 최악은 아니다.

리타 스키터,《예언자일보》기자

퀴디치의 역사

QUIDDITCH THROUGH THE AGES

〈해리 포터〉 시리즈

해리 포터와 마법사의 돌
해리 포터와 비밀의 방
해리 포터와 아즈카반의 죄수
해리 포터와 불의 잔
해리 포터와 불사조 기사단
해리 포터와 혼혈 왕자
해리 포터와 죽음의 성물

〈호그와트 라이브러리〉 시리즈

신비한 동물 사전
퀴디치의 역사
(코믹 릴리프와 루모스에 기부)
음유시인 비들 이야기
(루모스에 기부)

J.K. 롤링

퀴디치의 역사

QUIDDITCH THROUGH THE AGES

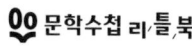

문학수첩 리틀북

Whizz Hard Books

129B DIAGON ALLEY, LONDON

이 책을 집필하고
모든 인세를 아낌없이 코믹 릴리프와 루모스에 기부한
J.K. 롤링에게 감사하며

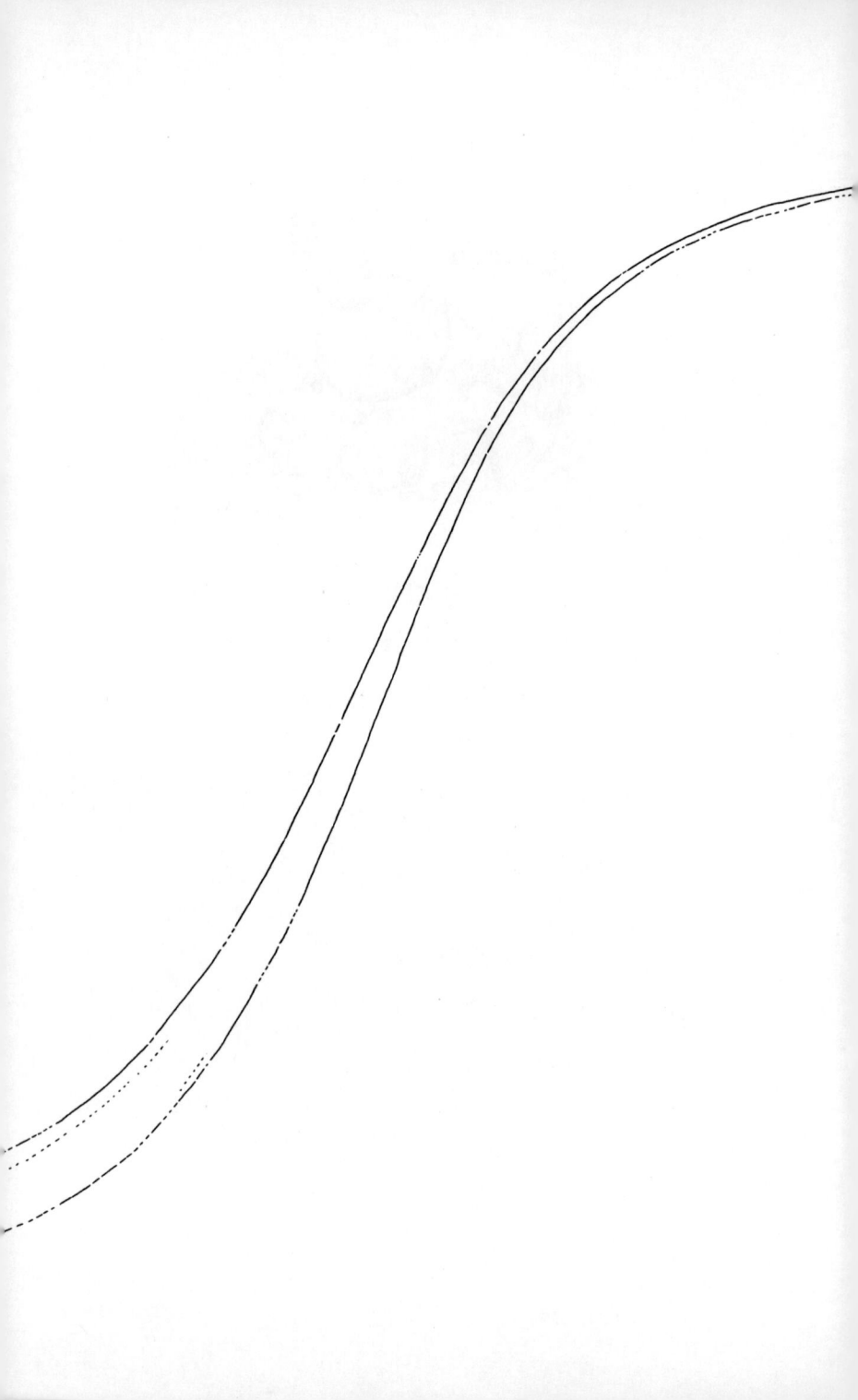

차 례

	서문—알버스 덤블도어	13
제 1 장	하늘을 나는 빗자루 발전사	21
제 2 장	고대 빗자루 경기	27
제 3 장	퀴어디치 마시	35
제 4 장	골든 스니치의 출현	43
제 5 장	머글을 경계하다	55
제 6 장	14세기 이후 퀴디치 변천사	61
	경기장	63
	공	68
	선수	72
	규칙	77
	심판	84
제 7 장	영국과 아일랜드의 퀴디치 팀	87
제 8 장	퀴디치의 확산	107
제 9 장	경주용 빗자루의 발달	127
제10장	현대의 퀴디치	137
	저자에 대하여	149

일러두기

※개정3판 1쇄부터 20주년 새 번역본에 따라 용어를 수정하였습니다.

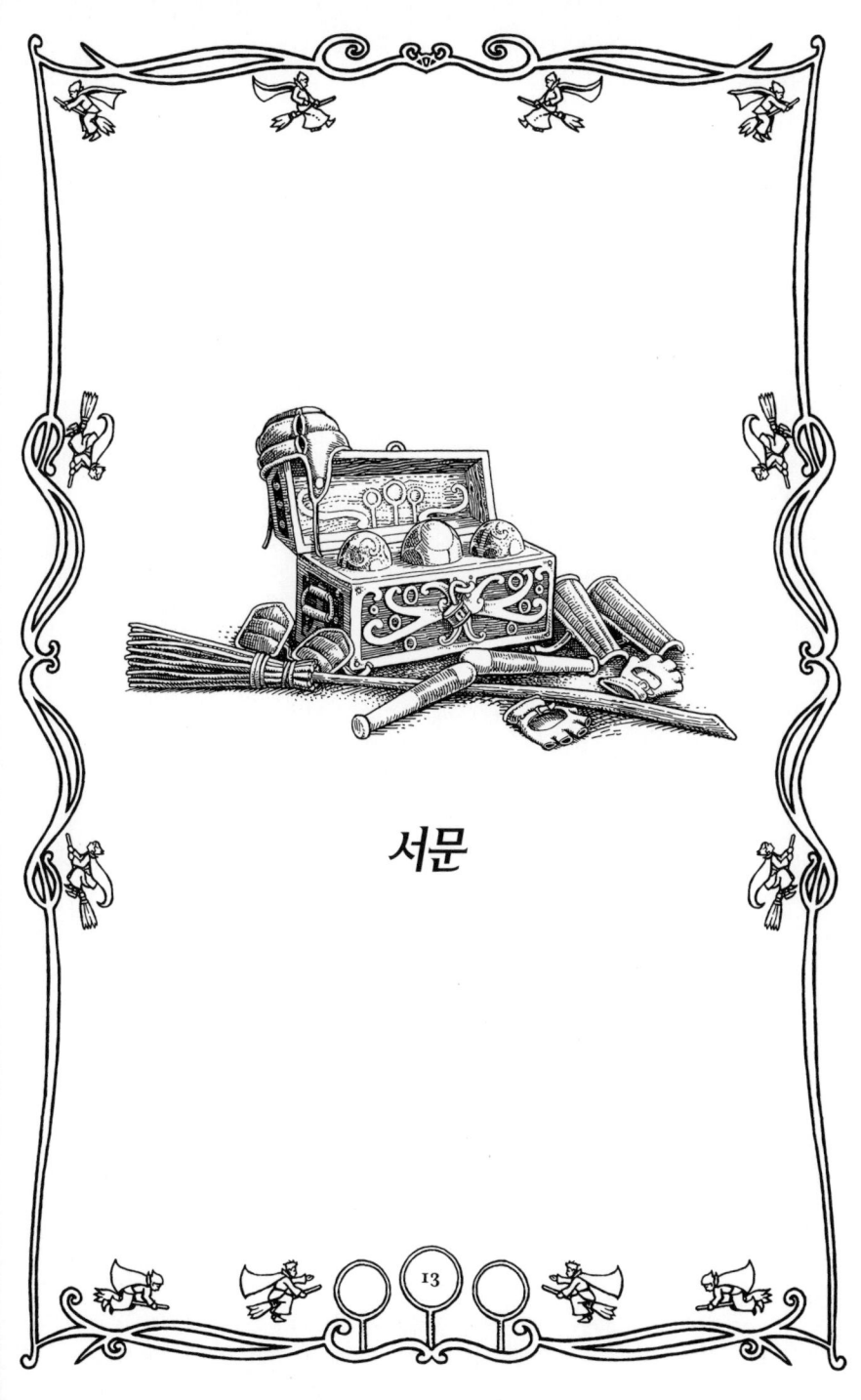

서문

《퀴디치의 역사》는 호그와트 마법학교 도서관에서 가장 인기 있는 도서입니다. 도서관 사서인 핀스 선생은 이 책이 거의 날마다 대출되고 있으며, 이 사람 저 사람 손을 거치다 보니 여기저기 많이 해어졌다고 말씀하셨습니다. 어떤 책이든지 간에 이보다 더욱 큰 찬사는 없을 것입니다. 매번 빼놓지 않고 퀴디치 게임을 관람하거나 직접 게임에 참여하는 사람은 누구나 위스프가 쓴 이 책에 흠뻑 빠져들 것입니다. 마치 우리가 보다 폭넓은 마법의 역사에 대해서 흥미를 가지는 것처럼 말입니다. 우리가 퀴디치 게임을 발전시켜 온 것과 마찬가지로, 퀴디치 게임 또한 우리를 발전시켰습니다. 퀴디치는 다양

한 삶을 살아가는 마법사들을 하나로 결속시켰으며, 환희와 승리감 그리고 절망감(처들리 캐넌스를 응원하는 사람에게는)을 공유하도록 해 주었습니다.

솔직히, 이 책을 보다 널리 보급하기 위해 핀스 선생에게 도서관 소장 도서 중 한 권을 기증하도록 설득하는 일은 조금 어려웠습니다. 제가 이 책을 머글도 읽을 수 있도록 만들 거라고 말했을 때, 핀스 선생은 한참 동안이나 입을 열지 못했습니다. 심지어 몇 분 동안 손가락 하나 까딱하지 못하고, 눈 하나 깜박이지 못했습니다. 잠시 후에 간신히 마음을 가라앉힌 핀스 선생은 저에게 지금 제정신이냐고 물어보기까지 했습니다. 그래서 저는 멀쩡하다는 것을 분명히 밝히고, 왜 이런 전례 없는 결정을 내리게 되었는지에 대해서 설명했습니다.

지금 이 자리에서 머글 독자에게 새삼 코믹 릴리프 구호 재단과 루모스 재단을 소개할 필요는 없을 것입니다. 그러므로 여기서는, 이 책을 구입한 마법사가 얻은 이익에 대해서 핀스 선생에게 해 준 설명을 되풀이하는 것으로 그치겠습니다. 코믹 릴리프는 가장 창의적인 방법으로 사람들에게 웃음을 안겨 줌으로써 가난과 불의와 재난에

맞서 싸우는 재단입니다. 웃음을 통해 모은 기금으로 삶을 구하고 개선하는, 우리 모두가 열망하는 마법의 브랜드입니다. 루모스는 세상에서 소외된 아이들을 집으로 인도하여 어두운 곳에 빛을 밝히는 일을 합니다. 이 책을 한 권 구입함으로써 여러분은 이 마법 같은 사명에 기여하는 셈이 됩니다. 저는 여러분에게 이 책을 반드시 구입하라고 조언하고 싶습니다. 돈을 내지 않고 이 책을 너무 오랫동안 읽고 있다 보면, 어느 사이에 도둑 저주에 걸리게 될 테니 말입니다.

만약 저의 설명을 듣고 핀스 선생이 기꺼이 도서관에 있는 책을 넘겨주었다고 말한다면, 그것은 독자 여러분을 속이는 일이 될 것입니다. 사실 핀스 선생은 여러 가지 대안을 제시했습니다. 예를 들어 코믹 릴리프와 루모스에서 온 사람들에게 도서관이 몽땅 불타 버렸다고 말하거나, 혹은 그냥 한마디 지시도 없이 제가 갑자기 죽어 버렸다고 말하자고 말입니다. 그러다 결국 제가 아무리 생각해봐도 처음 계획대로 하는 것이 가장 좋을 것 같다고 말하자, 핀스 선생은 마지못해 이 책을 내놓긴 했습니다. 하지만 책이 손에서 떠나려는 순간, 핀스 선생이 그만 용기를

잃고 매달리는 바람에 저는 책을 꽉 붙잡고 있는 선생의 손가락을 하나하나 강제로 떼어 낼 수밖에 없었습니다.

도서관 소장 도서들에 보편적으로 걸어 놓곤 하는 주문들을 모두 해제시키기는 했지만, 그렇다고 해서 마법의 흔적이 말끔히 없어졌다고 약속드릴 수는 없습니다. 핀스 선생은 자신이 관리하는 책에 추가로 독특한 주문을 걸어 놓기로 유명한 분이니까요. 저의 경우를 말씀드리자면, 지난해에 《변환 마법 이론》이라는 책을 읽다가 무심코 낙서를 했더니 바로 다음 순간 책이 제 머리를 마구 때리더군요. 부디 이 책을 다룰 때 조심하십시오. 책을 찢거나 욕조에 떨어뜨리지 마십시오. 당신이 어디에 있든지 간에, 핀스 선생이 갑자기 나타나 무거운 벌금을 부과하지 않으리라고는 보장할 수 없습니다.

마지막으로 코믹 릴리프와 루모스를 후원해 주신 여러분에게 진심으로 고맙다는 인사를 드리며, 부디 집에서 퀴디치를 해 보겠다고 나서는 머글이 없기를 바랍니다. 퀴디치는 전적으로 허구의 스포츠며, 실제로 이 게임을 하는 사람은 없습니다. 또한 이번 기회를 빌려서 퍼들미어 유나이티드가 다음 시즌에는 최고의 행운을 누리기를

바라는 바입니다.

알버스 덤블도어

하늘을 나는 빗자루 발전사

지금까지 고안된 그 어떤 주문도, 마법사가 인간의 모습을 그대로 유지하면서 아무런 도구의 도움도 받지 않고 하늘을 날아갈 수 있도록 해 주지는 못했다. 물론 날개 달린 동물로 모습을 바꾼 소수의 애니마구스는 비행을 즐길 수 있을 것이다. 하지만 그런 마법사는 극소수에 불과하다. 또한 박쥐로 변신한 마법사 역시 하늘을 날아다닐 수 있지만, 두뇌마저도 박쥐의 두뇌로 변하기 때문에, 하늘로 날아오르는 순간 틀림없이 자신이 어디로 가려고 했는지조차 잊어버릴 것이다. 부유 마법은 보편적인 마법이지만 우리 조상들은 땅에서부터 1~2미터 솟구쳐 오르는 정도로는 만족하지 못했다. 그들은 그 이상을

원했다. 우리의 조상들은 깃털을 길러야 하는 불편함 없이 새처럼 자유롭게 하늘을 날고자 했다.

오늘날 우리는, 영국 모든 마법사의 집에 하늘을 나는 빗자루가 최소한 한 개 이상 있는 것에 너무나 익숙해져서 더 이상 그 이유를 묻지 않게 되었다. 대관절 무슨 이유로, 한낱 보잘것없는 빗자루가 마법사의 합법적인 이동 수단으로 널리 인정받게 되었을까? 왜 우리 서양 마법사들은 동양 마법사 형제들이 그토록 총애하는 날아다니는 양탄자를 채택하지 않았을까? 왜 우리는 날아다니는 술통이나 의자, 혹은 욕조 따위가 아닌 빗자루를 선택했을까?

머글 이웃이 만에 하나 마법사의 능력을 완전히 파악하게 되면 어떻게 해서든지 그 마법을 이용하려 들리라는 사실을 잘 알고 있었던 마법사들은, 국제 마법사 비밀 유지 법령이 발효되기 훨씬 전부터 자신의 정체를 철저하게 숨겼다. 따라서 하늘을 나는 도구를 집에 보관하려면, 반드시 감추기 쉬운 물건이어야만 했다. 그런 점에서 볼 때 빗자루는 가장 이상적인 물건이었다. 머글 눈에 띈다고 하더라도, 빗자루는 특별히 설명이나 변명을 할 필요가

없었다. 게다가 빗자루는 가지고 다니기도 쉽고 값도 쌌다. 그럼에도 불구하고, 하늘을 나는 목적으로 처음 마법을 걸어서 사용한 빗자루에는 여러 가지 결점이 있었다.

기록에 따르면, 유럽의 마법사들이 하늘을 나는 빗자루를 사용한 것은 서기 962년경이다. 이 시기에 그려진 독일의 한 삽화를 보면, 세 명의 마법사가 몹시 불편한 표정으로 빗자루에서 내려오고 있다. 또한 스코틀랜드 지방의 마법사 거스리 로크린은 1107년에 쓴 글에서, 몬트로즈에서 아브로스까지 짧은 빗자루 여행을 한 끝에 "엉덩이는 가시에 찔리고 항문은 잔뜩 부풀어 올라" 무척 고생을 했다고 적고 있다.

런던의 퀴디치 박물관에 전시되어 있는 중세 시대의 빗자루를 보면, 거스리 로크린이 겪었을 불편을 충분히 짐작할 수 있다(그림 1 참조). 제대로 다듬지 않은 서양물푸

그림 1

레나무의 울퉁불퉁한 손잡이와 빗자루 끝에 대충 매달린 개암나무 가지는 전혀 편안하지도, 날렵해 보이지도 않는다. 그와 마찬가지로, 빗자루에 거는 마법도 지극히 기본적인 것이었다. 빗자루는 그저 한 속도로만 전진할 수 있었다. 그래도 이 빗자루는 위로 올라가거나 내려갈 수 있었고, 도중에서 멈출 수도 있었다.

그 당시 여러 마법사 가문에서 직접 빗자루를 만들어서 사용했기 때문에 각각의 빗자루는 속도나 편안함, 조종법 등에서 참으로 많은 차이가 났다. 하지만 12세기가 되자, 마법사들은 물물교환이라는 제도를 배우게 되었다. 그리하여 솜씨 좋은 빗자루 제작자는 이웃이 만든 다른 훌륭한 물건과 빗자루를 교환할 수가 있었다. 일단 빗자루가 좀 더 편안하게 만들어지자, 마법사들은 이것을 단지 이동 수단으로 사용하는 데 그치지 않고 비행의 즐거움을 만끽하기 위해 이용하기 시작했다.

2

고대 빗자루 경기

빗자루 경기는, 방향 조종이 수월해지고 속력과 고도를 자유자재로 변화시킬 수 있을 만큼 빗자루가 발달한 것과 때를 맞추어 출현했다. 고대 마법사가 남긴 글과 그림을 보면, 우리 조상이 어떤 경기를 했는지 어렴풋이 짐작할 수 있다. 그중에서 어떤 것은 더 이상 전해 내려오지 않는다. 또한 어떤 것은 계속 명맥을 유지하거나 혹은 오늘날 우리가 알고 있는 경기로 발전했다.

스웨덴에서 열리는 유명한 **연례 빗자루 경주**는 그 기원이 10세기까지 거슬러 올라간다. 이 경주는 빗자루를 타고 코파르베리에서 아리에플로그까지 480킬로미터가 조금 넘는 거리를 날아가는 시합이다. 경주 코스는 용 보

호 구역을 곧장 통과하고 있으며, 커다란 은제 트로피는 스웨덴 쇼트스나우트의 형상을 본뜬 것이다. 오늘날 이 경주는 국제적인 시합이 되었다. 경기가 열리는 날, 온 세계의 마법사가 참가 선수를 격려하기 위해 코파르베리에 모였다가, 경기 후에 끝까지 살아남은 선수를 축하해 주기 위해 다시 아리에플로그로 순간이동을 한다.

1105년에 그려진 유명한 그림 〈난폭한 귄터, 승리자가 되다Günther der Gewalttätige ist der Gewinner〉는 고대 독일의 **슈티히스토크** 경기를 보여 주고 있다. 7미터 높이의 장대 위에 팽팽하게 부풀린 용의 오줌통을 매달아 놓고, 빗자루에 타고 있는 선수 한 명이 오줌통을 지키는 임무를 맡고 있다. 오줌통 수비꾼은 장대에 묶인 밧줄을 허리에 감고 있어서 6미터 밖으로는 날아갈 수 없다. 다른 선수들은 차례대로 오줌통 근처까지 날아와서 특별히 날카롭게 깎은 빗자루 끝으로 오줌통을 터뜨리려 한다. 오줌통 수비꾼은 이 공격을 물리치기 위해서 마법 지팡이를 사용할 수도 있다. 그리하여 공격팀이 오줌통을 터뜨리는 데 성공하거나, 혹은 오줌통 수비꾼이 공격팀 선수 모두에게 마법을 걸어 더 이상 날지 못하게 하거나 지쳐 쓰러지게

Günther der Gewalttätige ist der Gewinner

만들면 경기는 끝난다. 그러나 이 슈티히스토크 경기는 14세기경에 사라졌다.

아일랜드에서는 **에인진게인**이라는 경기가 한창 유행했는데, 이것은 수많은 아일랜드 서정시의 주제가 되었다(전설적인 마법사 '용감한 핀갈'은 이 에인진게인 경기의 챔피언으로 추정된다). 선수들은 한 명씩 '돔'이라고 부르는 공(실제로는 염소 오줌통)을 가지고, 받침대 위에 높이 쌓아 놓은 불타는 통 사이를 전속력으로 뚫고 지나간다. 그리고 제일 마지막 통에다 돔을 던져 넣는다. 몸에 불이 붙지 않고, 가장 빠른 시간 내에 마지막 통에 돔을 던져 넣는 선수가 이 시합의 우승자가 된다.

스코틀랜드는 아마도 모든 빗자루 경기 중에서 가장 위험한 시합인 **크레아오스시안**의 탄생지이다. 11세기에 게일어로 적힌 한 비극적인 시에는 이 시합이 잘 묘사돼 있다. 그 시의 첫 구절을 옮겨 놓으면 다음과 같다.

선수들이 모였다.
　건장하고 용감한 사내 열두 명
솥단지를 목에 걸고

금방이라도 날아갈 듯 우뚝 서 있다
뿔나팔 소리가 울리자마자
재빨리 허공으로 솟구치지만
그들 중 열 명은
죽을 수밖에 없으리

크레아오스시안 선수들은 제각기 솥단지를 목에 걸고
시합에 참가했다. 경기의 시작을 알리는 뿔나팔이나 북소
리가 울리면, 마법에 걸린 수백 개의 바위와 돌멩이가 30
미터 정도 높이에 둥둥 떠 있다가 빗줄기처럼 땅으로 쏟
아져 내린다. 선수들은 빗자루를 타고 이리저리 날아다니
면서 가능한 한 많은 바위를 자신의 솥단지에 받아 내야
한다. 비록 이 경기 도중에 엄청난 수의 사상자가 발생했
지만, 스코틀랜드 지방의 마법사들은 크레아오스시안을
남자다움과 용기를 시험하는 최고의 경기라고 생각했다.
중세 시대에 크레아오스시안 경기는 마법사들 사이에서
커다란 인기를 누렸다. 하지만 이 경기는 1762년에 법으
로 엄격하게 금지되었다. 1960년대에 '머리 찌그러진 매
그너스 맥도널드'가 이 시합을 부활시키자는 운동을 주도

했지만, 마법 정부는 이를 거부했다.

션트범프스 경기는 영국 데번 지방에서 널리 행해졌다. 이 경기는 좀 더 단순한 형태로 치러지는 마상 창시합과 같다. 션트범프스의 유일한 목적은 가능한 한 많은 상대 팀 선수를 빗자루에서 떨어뜨리는 것으로, 빗자루에 끝까지 남아 있는 선수가 승리자가 된다.

스위븐호지 경기는 헤리퍼드셔(잉글랜드 서부 지방의 옛주―옮긴이) 지방에서 시작되었다. 이 경기에는 슈티히스토크과 마찬가지로 잔뜩 부풀린 오줌통이 사용되었는데, 대부분의 경우 돼지 오줌통이었다. 빗자루 끝에 걸터앉은 선수들은 울타리를 가운데 두고 빗자루 솔 끝을 이용해 오줌통을 앞뒤로 주고받는다. 공을 놓칠 때마다 상대편이 1점씩 점수를 얻고, 15점에 먼저 도달하는 팀이 승리자가 된다.

스위븐호지는 비록 광범위한 인기를 얻지는 못했지만, 잉글랜드에서 아직까지도 행해지고 있다. 션트범프스는 현재 어린아이들의 놀이로만 명맥을 유지하고 있다. 하지만 퀴어디치 마시에서는 오늘날 마법 세계에서 가장 인기 있는 게임이 탄생했다.

3

퀴어디치 마시

우리가 알고 있는 퀴디치의 기원에 관한 지식은 11세기 퀴어디치 마시 근처에서 살던 여자 마법사 거티 케들이 남긴 기록에 의한 것이다. 우리에게는 무척 다행스럽게도 거티 케들은 일기를 썼는데, 그녀가 쓴 일기장은 지금 런던에 있는 퀴디치 박물관에 보관돼 있다. 아래에 인용된 글들은 원래 판독하기가 무척 어려운 색슨어를 옮긴 것이다.

화요일. 더움. 온 늪지에 또다시 수많은 사람들이 모여들었다. 빗자루를 타고 날아다니는 그 멍청한 경기를 하기 위해. 커다란 가죽공이 우리 집

양배추 밭에 떨어졌다. 나는 그 공을 찾으러 온
마법사에게 주문을 걸었다. 빗자루에 거꾸로
매달려 날아가는 그 마법사를 보자 속이 아주
후련했다. 털 난 돼지 같으니라고.

화요일. 비. 쐐기풀을 뽑으러 늪지로 나갔다.
빗자루를 타고 날아다니는 멍청이들이 또 시합을
하고 있다. 바위 뒤에 숨어서 잠깐 구경했다. 그
녀석들은 공을 새로 구해서 그것을 서로에게
던지고 있었다. 그리고 늪지 양쪽 끝에 있는
나무를 향해 공을 찔러 넣으려고 애썼다.
아무짝에도 쓸모없는 쓰레기들.

화요일. 바람. 그웨녹이 쐐기풀 차를 마시러
찾아왔다. 그웨녹은 차 대접에 대한 보답을 하겠다고
하더니, 결국 그 멍청이들이 경기를 하고 있는 늪지로
나를 데려가서 시합을 구경시켰다. 고원지대에서
온 몸집 큰 스코틀랜드 마법사도 거기 있었다. 이제
그들은 커다랗고 육중한 바위 두 덩이를 사방으로

날리면서 빗자루에 타고 있는 다른 사람들을
떨어뜨리려 애쓰고 있었다. 하지만 불행하게도 내가
지켜보고 있는 동안에는 떨어진 사람이 없었다.
그웨녹은 자기도 종종 이 놀이를 한다고 말했다.
몹시 혐오스러운 기분에 휩싸여 집으로 돌아왔다.

이 발췌문은 거티 케들이 생각하는 것보다 훨씬 더 많은 것을 우리에게 알려 주고 있다. 물론 그녀가 요일 이름을 단 하나밖에 몰랐다는 사실을 제외하고 말이다. 첫째, 거티 케들의 양배추 밭에 떨어진 공은 오늘날의 쿼플처럼 가죽으로 만든 것이었다. 당시 다른 빗자루 경기에서 사용하고 있던 부풀린 오줌통은 정확히 던지기가 꽤 힘들었으리라는 것을 쉽게 추측할 수 있다. 특히 바람 부는 날이면 더욱 심했을 것이다. 둘째, 거티 케들은 그들이 "늪지 양쪽 끝에 있는 나무를 향해 공을 찔러 넣으려고 애썼다"고 쓰고 있다. 이것은 분명히 공을 던져 넣어서 점수를 얻는 방식의 초기 형태였을 것이다. 셋째, 거티 케들의 글을 통해 우리는 블러저의 전신을 엿볼 수 있다. '몸집이 큰 스코틀랜드 마법사'가 경기에 참여하고 있었다는 대목은

굉장히 흥미롭다. 그는 혹시 크레아오스시안 선수가 아니었을까? 육중한 바위에 마법을 걸어서 운동장 사방으로 위험스럽게 날아다니게 하는 것은, 이 스코틀랜드 마법사가 고향 마을에서 경기를 할 때 사용하던, 하늘을 나는 바위에서 영감을 얻은 것이 아닐까?

우리는 그로부터 1세기가 지난 후에야 퀴어디치 마시에서 행해지던 운동 경기에 대한 또 다른 기록을 발견할 수 있다. 그것은 바로 마법사 굿윈 닌이 노르웨이에 살고 있던 사촌 올라프에게 보낸 편지이다. 굿윈 닌은 요크셔에서 살고 있었는데, 이 사실로 미루어 보아, 거티 케들이 처음 목격한 이후로 백 년 동안 이 경기가 영국 전역에 널리 퍼졌다는 것을 알 수 있다. 굿윈 닌의 편지는 노르웨이 마법 정부의 문서 기록소에 보관되어 있다.

친애하는 올라프.

어떻게 지내나? 나는 잘 지낸다네. 비록 아내 군힐다가 천연두에 걸리기는 했지만 말이야. 우리는 지난주 토요일 밤에 퀴디치라고 하는 신나는 경기를 즐겼어. 하지만 가엾은 군힐다는 자리에서 일어나지 못해서 잡이꾼 노릇을 할 수

40

가 없었지. 우리는 그 대신 대장장이 래덜프를 기용해야만 했다네. 일클리에서 온 상대는 꽤 훌륭했어. 비록 우리 팀과는 상대가 되지 않았지만 말이야. 왜냐하면 우리는 한 달 내내 열심히 연습했거든. 우리는 42점을 얻었지. 래덜프는 블루더에 머리를 세게 얻어맞았어. 늙은 우가가 클럽을 재빨리 휘두르지 못했기 때문이라네. 술통으로 만든 새 골대는 꽤 쓸 만했어. 우리는 그것을 높은 장대 끝에 세 개씩 매달았어. 그 술통은 여관을 하는 도나가 준 거야. 그뿐만 아니라 도나는 우리 팀이 시합에서 멋지게 승리한 것을 축하하는 의미에서, 밤새도록 마음껏 꿀술을 마시도록 해 주었어. 물론 공짜로 말이야. 내가 너무 늦게 집에 돌아와서 군힐다는 몹시 화가 났다네. 나는 아내가 퍼붓는 심술궂은 저주를 피해 다녀야만 했어. 하지만 이제는 괜찮아. 손가락이 돌아왔거든.

　내가 갖고 있는 부엉이 중에 가장 좋은 놈을 골라서 이 편지를 보내겠네. 그놈이 무사히 도착하길.

자네의 사촌 굿윈 씀

이 편지를 통해서 우리는 이 경기가 지난 1세기 동안

얼마나 발전해 왔는지를 알 수 있다. 굿윈의 아내는 이 경기에서 '잡이꾼'을 할 예정이었다. 이것은 아마도 '추격꾼'에 해당되는 옛날 용어일 것이다. 대장장이 래덜프가 얻어맞았다는 '블루더'(이것은 오늘날의 '블러저'에 해당하는 것이 분명하다)는 우가라는 선수가 막아야만 했다. 따라서 우가는 클럽을 가지고 다니는 몰이꾼이었던 것이 분명하다. 골대로는 그냥 나무가 아니라 장대에 매달아 놓은 술통이 사용되었다. 하지만 역시 이 경기에서도 결정적인 한 가지 요소가 빠져 있다. 아직 골든 스니치가 등장하지 않은 것이다. 이 네 번째 퀴디치 공은 13세기 중반에 들어서야 비로소 등장했는데, 아주 흥미로운 한 사건이 그 등장의 계기가 됐다.

4

골든 스니치의 출현

1100년대 초반부터 수많은 마법사들 사이에서 스니쳇 사냥이 큰 인기를 끌었다. 오늘날 골든 스니쳇(그림 2 참조)은 천연기념물로 보호받고 있지만, 그 당시만 하더라도 북부 유럽에서 아주 흔하게 볼 수 있었다. 물론 머글의 눈에는 잘 발견되지 않았다. 왜냐하면 골든 스니쳇은 워낙 숨어 있기를 좋아하는 데다가 아주 빠른 속도로 날아다니기 때문이다.

스니쳇은 굉장히 민첩하고 사냥꾼을 피하는 능력이 뛰어난 데다 몸집까지 작았기 때문에, 스니쳇을 잡는 마법사는 더욱더 높은 명성을 날렸다. 퀴디치 박물관에 보존되어 있는 12세기 양탄자에는, 스니쳇 한 마리를 잡기 위

해 한 무리의 마법사가 출발하는 광경이 그려져 있다. 첫
번째 그림에서는 사냥꾼 몇 명이 그물과 마법 지팡이를
들고 있다. 또한 맨손으로 스니젯을 잡으려고 하는 사냥
꾼 그림도 있다. 양탄자 그림을 보면, 스니젯을 붙잡으려

그림 2

다가 그만 스니젯이 완전히 으스러지고 마는 경우도 종종 있었다는 사실을 알 수 있다. 마지막 그림에는 마침내 스니젯을 붙잡은 마법사가 황금 가방을 수여받는 장면이 그려져 있다.

스니젯 사냥은 여러 가지 측면에서 비난받을 소지가 많았다. 올바른 사고방식을 가진 마법사라면 어느 누구나 스포츠라는 미명하에 평화를 사랑하는 이 작은 새를 도륙하는 행위를 한탄했을 것이다. 게다가 스니젯 사냥은 대부분 벌건 대낮에 행해졌기 때문에, 수많은 머글이 하늘을 나는 빗자루를 목격하기도 했다. 하지만 그 당시에 마법사 의회는 이 사냥의 열광적인 인기를 도저히 제어할 수가 없었다. 이어서 보겠지만, 사실 의회 자체도 스니젯 사냥을 문제라고 생각하지 않았던 듯하다.

스니젯 사냥은 마침내 마법사 의회 의장인 바버러스 브래그가 직접 참여한 1269년의 시합에서 퀴디치와 역사적인 만남을 갖게 된다. 우리는, 켄트에 살고 있는 모데스티 랩노트 씨가 이 경기를 구경한 후 애버딘에 살고 있는 여동생 프루던스에게 보낸 편지를 통해 이 사실을 알 수 있다(이 편지 또한 퀴디치 박물관에 전시되어 있다). 랩노트 씨

의 증언에 따르면, 브래그 의장이 새장에 들어 있는 스니
젯 한 마리를 경기장에 가지고 와서 그 자리에 모인 선수
들에게, 경기 중에 이 새를 잡는 선수에게는 150갈레온을
주겠다고 선언했다는 것이다.* 랩노트 씨는 그 뒤에 벌어
진 일을 이렇게 설명하고 있다.

> 선수들이 일제히 하늘로 솟구쳤어. 이제 선수들은 쿼
> 플 따위는 전혀 안중에도 없었고, 블루더도 까맣게 잊
> 어버렸지. 양 팀의 파수꾼도 골대를 내팽개치고 스니
> 젯 사냥에 합세했단다. 가엾은 작은 스니젯은 도망칠
> 곳을 찾아서 필사적으로 위로 솟구쳤다가 아래로 곤두
> 박질치곤 했어. 하지만 관중석에 모여 있던 마법사들은
> 쫓기 마법을 사용해서 스니젯을 다시 경기장으로 몰아
> 넣었지. 프루, 너도 내가 스니젯 사냥에 대해 어떻게 생
> 각하고 있는지 잘 알 거야. 게다가 내가 머리끝까지 화
> 가 나면 어떻게 변하는지도 알고 있지? 나는 경기장으

---

* 이것은 오늘날의 100만 갈레온 이상과 맞먹는 금액이다. 브래그 의장이 정말로 이
  돈을 지불할 의도가 있었는지 없었는지는 논쟁의 여지가 있다.

로 뛰어 들어가서 고래고래 소리를 질렀어.

"브래그 의장! 이건 운동 경기가 아니에요! 저 스니 젯을 그만 놓아주고, 신성한 퀴디치 경기를 관람하도 록 우리를 가만히 내버려 두라고요! 우리가 여기까지 온 것은 바로 경기를 관람하기 위해서예요!"

프루, 그 야만인이 무슨 짓을 했는지 아마 넌 믿지 못할 거야. 글쎄, 그 사람이 큰 소리로 껄껄 웃으면서 나한테 빈 새장을 던지지 않았겠니! 나는 당장 그자를 죽여 버리고 싶었어. 프루, 정말 그랬다니까. 그 순간 작고 가엾은 스니젯이 내가 있는 곳으로 날아왔어. 나 는 재빨리 소환 마법을 썼지. 너도 내 소환 마법이 얼 마나 훌륭한지 잘 알고 있지? 물론 그 당시에 나는 빗 자루를 타고 있지 않았기 때문에 정확하게 조준하기 가 훨씬 쉬웠지. 그 작은 새는 곧장 내 손안으로 들어 왔어. 나는 망토 앞자락에 새를 감추고 미친 듯이 달렸 단다.

결국 사람들에게 붙잡히기는 했지만, 그건 이미 관 중 사이를 빠져나온 내가 스니젯을 놓아준 다음이었어. 브래그 의장은 펄펄 뛰면서 화를 냈지. 잠시 동안 나

는 이대로 뿔난 두꺼비나 혹은 그보다 더욱 끔찍한 무엇이 되어서 인생을 끝마치게 되는 건 아닌가 생각했단다. 하지만 다행스럽게도 의장의 수행원들이 나서서 그를 진정시켰어. 나는 경기를 방해한 죄로 10갈레온의 벌금형에 처해졌지. 물론 나는 지금껏 한 번도 10갈레온이나 되는 엄청난 돈을 가져 본 적이 없어. 결국 나의 낡은 집이 날아가 버리고 말았단다.

조만간 너와 함께 살러 갈 거야. 다행스럽게도 그들이 내 히포그리프는 가져가지 않았단다.

그리고 프루던스, 이것 한 가지만은 분명히 말할 수 있어. 브래그 의장은 선거에서 절대로 내 표를 얻지 못할 거라고 말이야.

너의 사랑하는 언니,
모데스티로부터

랩노트 씨의 용감한 행동으로 인하여 한 마리의 스니젯은 목숨을 구했지만, 그녀도 스니젯 모두를 구할 수는 없었다. 브래그 의장의 새로운 제안은 퀴디치 경기의 성

격을 영원히 바꾸어 놓았다. 곧이어 골든 스니젯이 퀴디치 경기마다 등장하게 되었으며, 각 팀에서 발탁된 선수 한 명(사냥꾼)은 스니젯을 잡는 단 한 가지 임무만을 맡았다. 스니젯의 죽음과 더불어 경기는 즉각 종료되었고, 잡은 팀은 150점을 얻었다. 브래그 의장이 약속했던 150갈레온이라는 상금을 기념하는 점수였다. 관중들은 랩노트 씨가 묘사한 대로, 쫓기 주문을 써서 스니젯이 경기장 밖으로 빠져나가지 못하도록 했다.

하지만 다음 세기의 중반에 이르자, 골든 스니젯의 수는 눈에 띌 정도로 줄어들었다. 이제 훨씬 더 깨우친 엘프리다 클래그 의장이 이끄는 마법사 의회는 골든 스니젯을 천연기념물로 지정하고, 그 새를 죽이거나 퀴디치 경기에 사용하는 것 모두를 불법으로 규정했다. 마침내 모데스티 랩노트 스니젯 보호법이 서머싯주에서 제정되었고, 사람들은 퀴디치 경기를 계속 즐길 수 있도록 스니젯을 대신할 대용품을 찾는 데 혈안이 되었다.

골든 스니치를 처음 발명한 사람은 고드릭 골짜기에 살고 있던 마법사 보먼 라이트라고 알려져 있다. 전국의 퀴디치 팀들이 스니젯을 대신할 만한 새를 찾으려고 백방

으로 노력하는 동안, 금속 마법을 잘 다루던 보먼 라이트
는 스니젯의 행동과 비행 방식을 똑같이 흉내 내는 공을
만들어 내는 일에 착수했다.

　보먼 라이트가 완벽한 성공을 거두었다는 사실은, 그
가 죽으면서 남긴 수많은 양피지 장부(지금은 개인 수집가의
소장품이 되었다)를 통해 분명하게 드러난다. 거기에는 전
국 각처에서 들어온 주문이 기록되어 있다. 보먼 라이트
는 자신의 발명품을 '골든 스니치'라고 불렀는데,
그것은 스니젯과 무게가 똑같은,

　　　　　　　호두 알만 한 크기
의 공이었다. 이 공에 달려 있는
은빛 날개는 스니젯의 날개처럼 360도
로 회전 가능하기 때문에 방향을 자유자재로 바
꿀 수 있다. 살아 있는 스니치와 마찬가지로 번개처럼
빠른 속도와 정확성을 자랑함도 물론이다. 골든 스니치의
등장으로, 300년 전 퀴어디치 마시에서 시작된 마법사들
의 경기는 비로소 오늘날의 퀴디치로 그 모습을 갖추었다
고 할 수 있다.

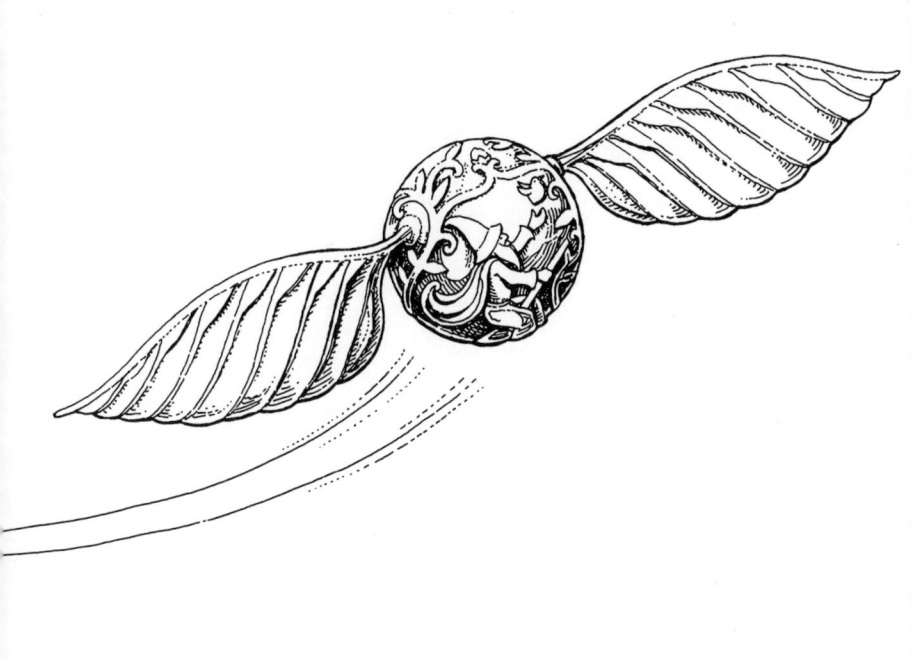

5

머글을 경계하다

1398년 마법사 재커라이어스 멈프스는 최초로 퀴디치 경기에 대한 완전한 기록을 남겨 놓았다.

그는 기록의 첫머리에서, 경기를 하는 동안 머글의 접근을 막는 보안의 필요성에 대해 강조하고 있다.

머글 거주지에서 멀리 떨어진 황량한 벌판을 선택하라. 그리고 일단 빗자루에서 내리면 몸을 완전히 숨길 수 있는 곳인지를 철저히 확인하라. 만약 상설 경기장을 세우려 한다면, 머글 쫓기 주문이 유용할 것이다. 되도록 밤에 경기하는 것도 권장할 만하다.

하지만 멈프스의 훌륭한 충고가 항상 받아들여졌던 것은 아니다. 1362년 마법사 의회는 머글 마을로부터 80킬로미터 이내에서의 퀴디치 경기를 전면 금지했다. 의회가 1368년에 이 금지령을 수정해야 할 필요성을 느꼈던 걸 보면, 그 당시에 퀴디치의 인기가 급속도로 높아진 것은 분명하다. 그리하여 의회는 머글 마을에서부터 150킬로미터 이내에서는 경기를 할 수 없도록 법령을 개정했고, 마침내 1419년에 그 유명한 법령을 선포했다. '단 한 명의 머글이라도 볼 가능성이 조금이라도 있다면, 그 근처에서는 퀴디치 경기를 해서는 안 된다. 이를 어긴 사람은 지하 감옥의 벽에 쇠사슬로 묶어 놓고, 그러고도 퀴디치 경기를 즐길 수 있는지 두고 볼 것이다.'

학교를 다닐 만한 나이가 된 마법사라면 누구나 알고 있듯이, 우리가 빗자루를 타고 날아다닌다는 사실은 아마도 가장 간직하기 어려운 비밀일 것이다. 머글이 마녀를 그릴 때, 빗자루를 빼놓으면 그림은 완성되지 않는다. 비록 그 그림이 우스꽝스럽고 한심하기는 해도(머글이 그린 빗자루 중에서 잠시라도 공중에 떠 있을 수 있는 것은 하나도 없다), 어쨌든 이 사실은 우리가 몇 세기에 걸쳐 경솔하게 행동

해 왔음을 말해 준다. 그러므로 머글의 머릿속에서 마법과 빗자루가 떼려야 뗄 수 없을 정도로 연관 지어진 것도 그리 놀랄 일은 아니다.

하지만 적절한 보안책이 강요되기 시작한 것은, 1692년 발효된 국제 마법사 비밀 유지 법령에 따라 각 나라 영토 내에서 열린 모든 마법 운동 경기에 따른 결과에 대해서는 그 나라 마법 정부가 직접적인 책임을 지게 되면서부터다. 이에 따라 영국에서는 마법 스포츠부가 구성되었고, 마법 정부의 지침을 위반한 퀴디치 팀은 강제로 해산되었다. 이와 관련해 가장 유명한 사례는 밴코리 뱅거스인데, 이 스코틀랜드 팀은 형편없는 퀴디치 실력뿐만 아니라 시합 이후에 벌이는 파티로도 유명했다. 1814년 애플비 애로스와의 시합(제7장 참조)이 끝난 뒤 뱅거스는 블러저가 밤하늘 높이 날아가 버리는 것을 방치했을 뿐만 아니라, 팀의 마스코트로 삼겠다면서 헤브리디스 블랙을 잡으려 했다. 마법 정부는 인버네스 상공을 날아가고 있던 그들을 붙잡았고, 밴코리 뱅거스는 두 번 다시 경기를 할 수 없었다.

오늘날 퀴디치 팀은 연고지에서는 경기를 할 수 없고,

마법 스포츠부에서 철통같은 보안책을 세워 놓은 경기장
까지 가야 한다. 재커라이어스 멈프스가 600년 전에 아
주 적절하게 제시한 대로, 퀴디치 경기장은 황량한 들판
에 세워지는 것이 가장 안전하다.

6

14세기 이후 퀴디치 변천사

~경기장~

JH **커라이어스 멈프스는** 14세기 무렵의 경기장이 타원형이었고, 길이는 150미터, 폭이 55미터라고 기록해 놓았다. 그리고 경기장 중앙에는 직경 0.5미터 정도 되는 작은 원이 그려져 있었다. 멈프스의 기록에 따르면 심판(그 당시에는 '퀴저지'라고 불렸다)이 네 개의 공을 가지고 이 중앙의 원으로 들어서면, 열네 명의 선수들이 그를 빙 둘러싼다. 공이 상자 밖으로 풀려나자마자(쿼플은 심판이 던졌다. '쿼플' 항목 참조), 선수들은 곧장 하늘로 솟구친다. 멈프스 시대의 골대는 아직 장대 위에 커다란 바구니

를 매달아 놓은 것이었다(그림 3 참조).

1620년에 퀸티우스 엄프러빌이 쓴 《마법사의 고상한 운동》이라는 책에는 17세기 경기장을 묘사한 도해가 실려 있다(그림 4 참조). 여기에서 우리는 오늘날 '득점 구역'('규칙' 항목 참조)이라고 부르는 구역이 새로 추가되었다는 사실을 알 수 있다. 장대 꼭대기에 매달려 있는 바구니는 멈프스 시대보다 눈에 띌 정도로 작고 높아졌다.

1883년에 이르자 바구니는 더 이상 사용되지 않았고, 오늘날 우리가 사용하는 골대가 그 자리를 차지했다. 이러한 혁신은 그 당시에 발행되던 《예언자일보》에 기사화되었다(다음 자료를 참조할 것). 그 시기 이후로 퀴디치 경기장은 큰 변화를 겪지 않았다.

그림 3

우리 바구니를 돌려 달라!

지난 몇 세기 동안 퀴디치 경기의 골대로 사용되었던 바구니를 불태우기로 한 마법 스포츠부의 결정이 확실시되자, 지난밤 전국의 퀴디치 선수들은 위와 같이 울부짖었다.

"우리는 바구니를 불태우지 않습니다. 과장하지 마세요." 지난밤 기자의 질문을 받은 마법 정부 대변인은 짜증스러운 표정을 지으면서 말했다. "여러분도 알고 계신 바와 같이 바구니는 크기가 제각각입니다. 그런데 영국 전역에 걸쳐서 똑같은 골대를 만들기 위해 바구니의 크기를 표준화하는 일은 불가능합니다. 이것은 단지 공정성의 문제일 뿐입니다. 예를 들면, 반톤 근처에 있는 한 퀴디치 팀은 자기편 장대에다 아주 작은 바구니를 매달아 놓았는데, 어찌나 작은지 포도 알갱이 하나 집어넣을 수 없을 정도였습니다. 그리고 상대편 장대에는 동굴만큼이나 커다란 바구니를 매달아 놓았죠. 이런 일이 계속되어서는 안 됩니다. 우리는 일정한 크기의 고리를 사용하기로 결정했습니다. 이제 모든 것이 공정하고 순조롭게 진행될 것입니다."

이 대목에서 마법 정부 대변인은 회견장에 모여 있던 성난 군중이 던진 바구니 세례를 받고 그만 물러나지 않을 수 없었다. 비록 뒤따른 폭동은 고블린 선동꾼이 일으킨 것으로 밝혀졌지만, 오늘 밤 영국 전역의 퀴디치 팬들은 지금껏 그들이 알던 경기가 사라진 것에 애도를 금치

《마법사의 고상한 운동》에 실린 그림

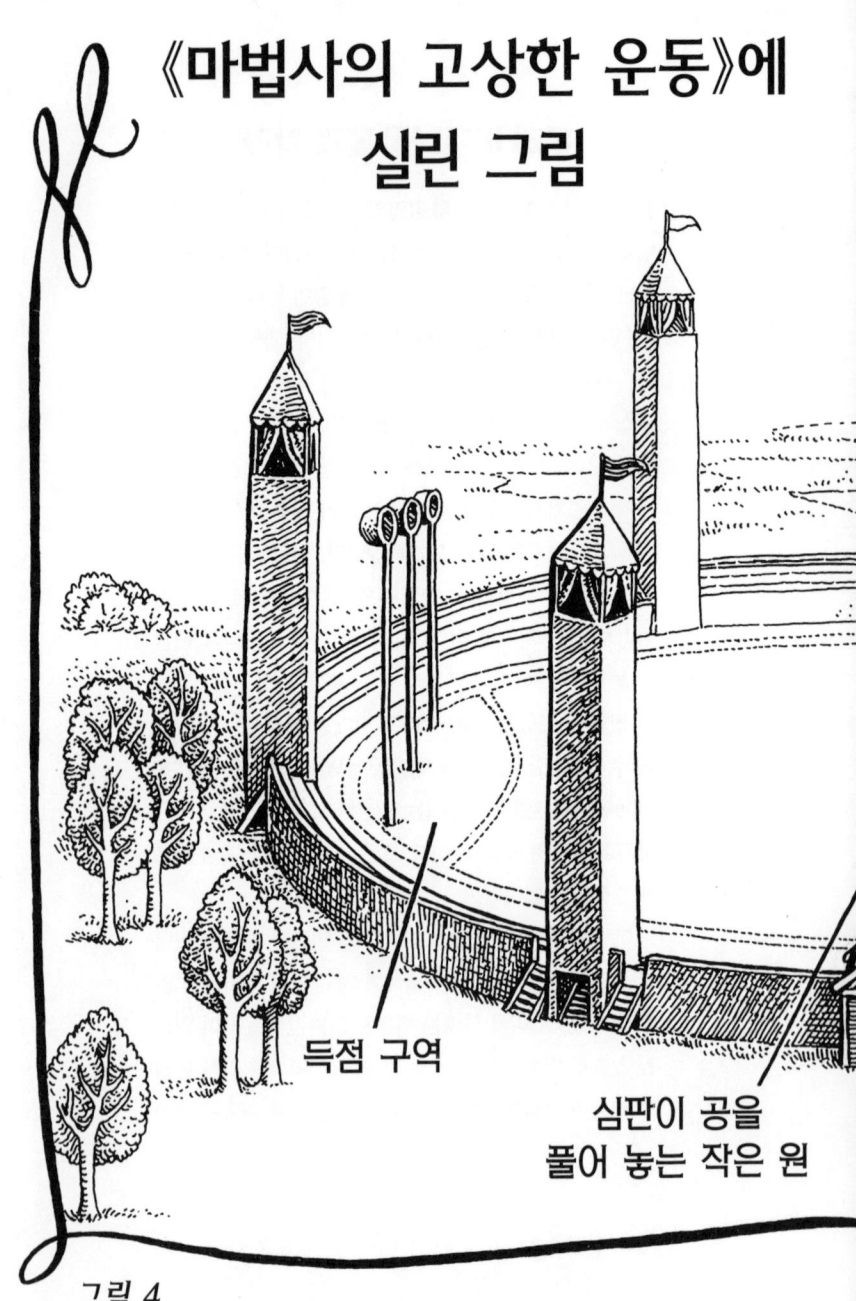

득점 구역

심판이 공을
풀어 놓는 작은 원

그림 4

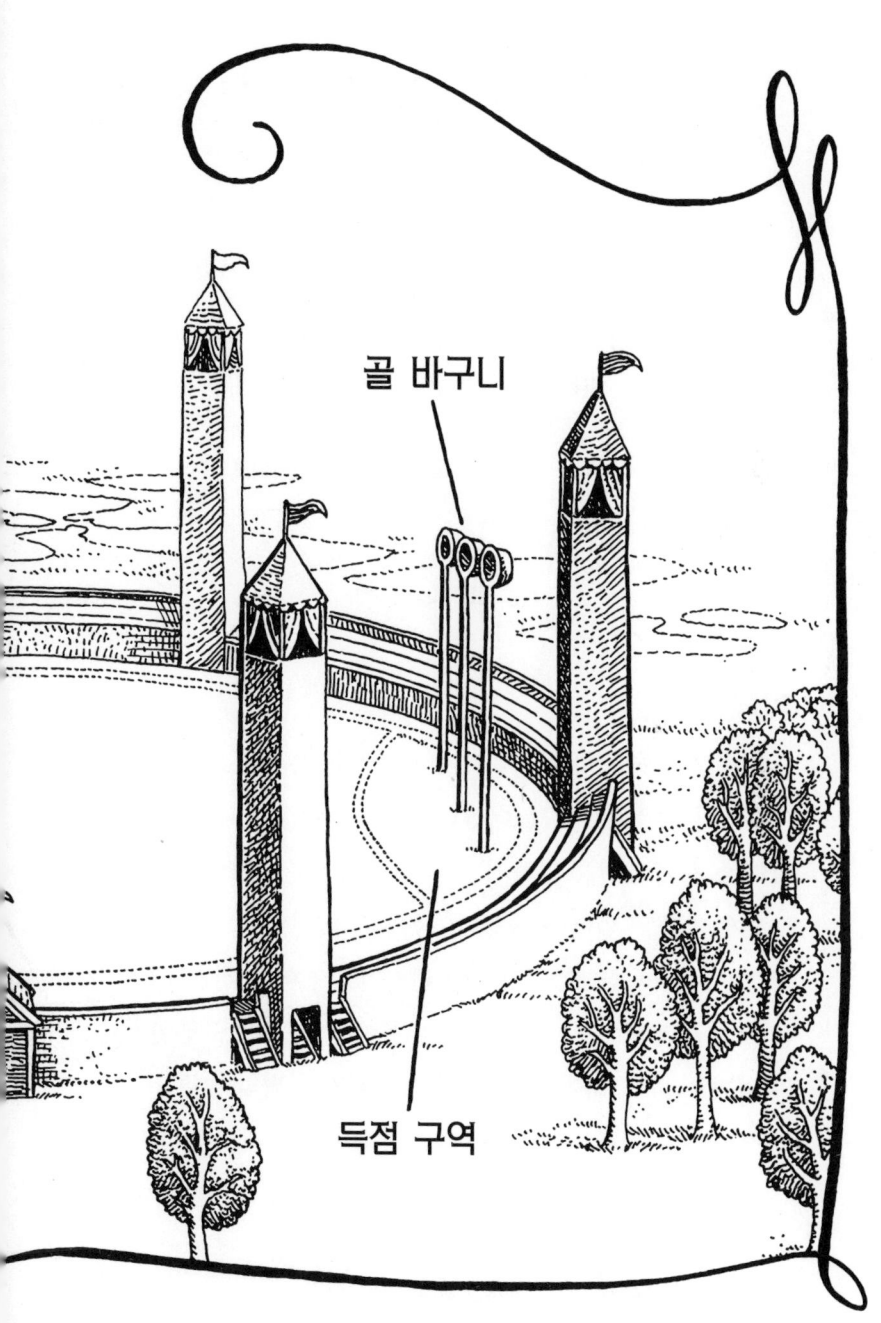

골 바구니

득점 구역

못하고 있다.

"바구니가 없으면 경기하는 맛이 안 나지." 뺨이 사과처럼 붉은 한 나이 든 마법사가 서글프게 말했다. "내가 아직 새파란 청년이었을 때가 기억나. 우리는 시합을 하는 동안 재미 삼아 바구니를 불태우기도 했지. 고리로 만든 골대로는 절대 그런 추억을 만들 수가 없어. 어쨌거나 좋은 시절은 다 갔구먼."

1883년 2월 12일 자 《예언자일보》

～공～

퀴플

우리가 거티 케들의 일기를 통해서 알 수 있듯이, 퀴플은 처음부터 가죽으로 만들어졌다. 초기의 퀴플은 네 개의 퀴디치 공 중에서 유일하게 마법을 걸지 않은 공으로, 순수하게 가죽을 꿰매 만들었다. 종종 끈이 달리기도 했는데(그림 5 참조), 한 손으로 공을 던지거나 잡아야 하기 때문이었다. 과거에 사용한 몇몇 퀴플에는 손가락 구멍이나 있기도 하다. 하지만 1875년 움켜쥐기 마법의 발견으로, 끈이나 손가락 구멍이 더 이상 필요하지 않게 되었다.

이제 추격꾼은 그런 것들의 도움이 없어도 가죽에 마법을 걸어 퀴플을 한 손으로 잡을 수 있다.

현대의 퀴플은 직경이 30센티미터이고 꿰맨 자국이 없다. 처음으로 공에 붉은색 물을 들인 때는 1711년 겨울이었다. 폭우가 쏟아져서 진흙탕이 된 운동장에 공이 떨어지면 좀처럼 눈에 띄지 않았고, 추격꾼들 또한 퀴플을 놓칠 때마다 땅바닥으로 내려가 주워야 하는 것에 점차 짜증을 내던 참이었다. 그러므로 퀴플의 색깔이 바뀐 직후 데이지 페니폴드라는 마법사가 퀴플에 마법을 걸어서, 바닥으로 떨어질 때 마치 물속에 가라앉는 것처럼 천천히 떨어지도록 하는 방법을 고안해 냈다. 그 뒤로 추격꾼

과거의 퀴플   **현대의 퀴플**

그림 5

들은 떨어지는 퀴플을 얼마든지 공중에서 잡을 수 있었다. '페니폴드의 퀴플'은 오늘날까지도 여전히 사용되고 있다.

블러저

최초의 블러저(혹은 블루더)는 지금껏 우리가 살펴본 대로, 날아다니는 돌이었다. 그리고 멈프스 시대에는 단지 돌을 공 모양으로 깎은 정도의 변화가 있었다. 하지만 이렇게 만든 블러저에는 한 가지 중요한 결함이 있었다. 15세기부터 등장한, 마법의 힘으로 강력해진 몰이꾼의 방망이에 맞아 부서질 수가 있었던 것이다. 블러저가 부서질 경우, 남은 경기 동안 선수 모두가 사방에서 날아드는 돌 조각을 피해 다녀야 했다.

아마도 이런 이유 때문에 16세기 초반부터 일부 퀴디치 팀에서 금속 블러저를 시험해 보기 시작했을 것이다. 고대 마법사 공예품 전문가인 아가타 처브는 최소한 열두 개 정도의 납 블러저가 이 시대에 만들어진 것을 확인했는데, 모두 아일랜드의 토탄지土炭地와 잉글랜드의 늪지에서 발견되었다. "그것들은 틀림없이 대포알이 아니라 블러저다"라고 아가타 처브는 쓰고 있다.

마법을 써서 강력해진 몰이꾼의 방망이가 남긴 희미한 흔적이 눈에 보인다. 그리고 어떤 마법사(머글이 아닌)의 제조 마크가 선명하게 남아 있다. 그 밖에도 부드러운 이음새와 완벽한 대칭을 확인할 수가 있다. 마지막 단서는, 그 공들이 상자 밖으로 나오면 내 연구실을 어지럽게 날아다니면서 나를 바닥에 쓰러뜨리려고 한다는 사실이다.

그러나 결국 납은 블러저를 만들기에는 너무나 무르다는 사실이 밝혀졌다(블러저에 약간이라도 파인 자국이 생긴다면, 공이 똑바로 날아가는 데 큰 영향을 미칠 것이다). 오늘날 블러저는 모두 강철로 만들어지며, 직경은 25센티미터이다.

블러저에는 선수를 무차별적으로 추격하는 주문이 걸려 있다. 만약 그대로 내버려 둔다면, 블러저는 무조건 제일 가까이 있는 선수부터 공격할 것이다. 그러므로 몰이꾼의 임무는 블러저를 가능한 한 자신의 팀 선수로부터 멀리 떨어뜨리는 것이다.

골든 스니치

골든 스니치는 골든 스니젯과 마찬가지로 호두만 한 크기이며, 가능한 한 잡히지 않고 도망치도록 주문이 걸려 있다. 1884년 보드민 황야에서 골든 스니치가 무려 여섯 달 동안이나 도망쳐 다녔다는 이야기가 있다. 양팀 선수들은 수색꾼의 형편없는 실력에 진저리를 내며 결국 시합을 포기했다고 한다. 그 지역 사정에 밝은 콘월 지방의 마법사들은 오늘날까지도 그 스니치가 황야 위를 마구 돌아다니고 있다고 주장하지만, 이 이야기를 확인할 길은 없다.

<h1 align="center">〜선수〜</h1>

파수꾼

비록 역할은 변했지만, 파수꾼의 자리는 13세기(제4장 참조) 이후로 분명하게 존재해 왔다.

재커라이어스 멈프스는 파수꾼의 역할을 이렇게 적고 있다.

파수꾼은 제일 먼저 골 바구니에 도달해야 한다. 쿼플이 자기편 골 바구니에 들어가지 못하도록 막는 것이 파수꾼의 임무이기 때문이다. 파수꾼은 상대 팀 진영으로 너무 파고들지 않도록 주의해야 한다. 파수꾼이 없는 동안 골 바구니가 상대 팀의 위협을 받을 수도 있다. 하지만 날렵한 파수꾼이라면 상대 팀 골 바구니에 골을 넣고 재빨리 자기 팀 바구니 앞으로 돌아와, 상대 팀 선수가 득점하는 것을 막을 수도 있다. 그것은 단지 파수꾼 개개인의 판단력에 달린 문제다.

이 글은 멈프스 시대의 파수꾼은 추격꾼처럼 여러 역할을 맡았음을 분명히 밝히고 있다. 이 시대의 파수꾼은 경기장 전체를 돌아다니면서 득점까지도 할 수 있었다.

하지만 퀸티우스 엄프러빌이 《마법사의 고상한 운동》을 쓴 1620년경이 되자, 파수꾼의 역할은 훨씬 단순해졌다. 경기장에 득점 구역이라는 것이 추가되어, 파수꾼은 골 바구니를 지키면서 그 구역 내에만 머물러 있도록 권장되었다. 물론 일찌감치 상대편 추격꾼을 가로막거나 저지하기 위해 득점 구역 밖으로 나올 수는 있다.

몰이꾼

몰이꾼의 임무는 지난 몇 세기에 걸쳐서 거의 변함이 없었다. 몰이꾼은 블러저가 경기에 도입된 이후로 줄곧 존재해 왔다. 그들에게 주어진 첫번째 임무는 방망이를 사용해(과거에는 클럽을 사용했다. 제3장의 굿윈 닌의 편지 참조), 블러저의 공격으로부터 자기 팀 선수를 보호하는 것이다. 몰이꾼은 절대로 득점을 할 수가 없으며, 그들이 퀴플을 다루었다는 어떤 기록도 남아 있지 않다.

육중한 블러저를 멀리 쫓아내기 위해 엄청난 육체적 힘을 필요로 하므로, 몰이꾼은 다른 자리에 비해서 대개 여성보다는 남성 마법사가 맡는 경향이 있다. 몰이꾼에게는 또한 뛰어난 균형 감각이 필요한데, 때때로 빗자루에서 두 손을 떼고 블러저를 쳐 내야 하기 때문이다.

추격꾼

추격꾼은 퀴디치 경기에서 가장 오래된 포지션이다. 초기 퀴디치 경기는 골대에 공을 넣어서 득점하는 것만이 경기의 전부였다. 추격꾼은 서로 퀴플을 주고받다가, 골대에 퀴플을 집어넣을 때마다 10점씩 득점을 했다.

골 바구니가 고리 달린 골대로 대치되고 1년이 지난 1884년, 추격꾼의 경기 방식에 단 한 번의 의미 있는 변화가 일어났다. 오직 쿼플을 가진 한 명의 추격꾼만이 득점 구역 안으로 들어갈 수 있다는 새로운 규칙이 만들어져, 2명 이상의 추격꾼이 득점 구역에 들어가면 그 골은 즉각 무효가 되었다. 이 규칙은 '스투징'('반칙' 항목 참조)을 금지하기 위해 고안되었다. 스투징이란 두 명의 추격꾼이 득점 구역에 들어가 파수꾼을 유인하면, 세 번째 추격꾼이 텅 비어 있는 골대를 공략하는 작전이다. 이 새로운 규칙에 대한 사람들의 반응은 그 당시에 발행된 《예언자일보》에서 확인할 수 있다.

우리의 추격꾼은 속임수를 쓰는 것이 아니다!

지난밤 마법 스포츠부에서 이른바 '스투징 페널티'를 발표하자, 영국 전역의 퀴디치 열성팬들은 엄청난 반발을 일으켰다.

"스투징은 날이 갈수록 증가 추세에 있습니다." 지난밤 계속 이어지는 질문 공세에 완전히 지친 마법 정부 대변인은 이렇게 말했다. "이 새로운 규칙을 제정함으로써,

지금까지 너무나 자주 발생했던 파수꾼의 심각한 부상을 격감시킬 수 있을 거라 생각합니다. 추격꾼 세 명이 파수꾼 한 명을 상대하던 것과는 달리, 이제부터 쿼플을 잡은 단 한 명의 추격꾼이 파수꾼과 맞설 수 있습니다. 경기는 더욱더 공명정대해질 것입니다."

이 대목에서 성난 군중이 쿼플 세례를 퍼붓자, 마법 정부 대변인은 그만 물러서지 않을 수 없었다. 그리고 마법 사법부에서 나온 마법사들이 도착해, 마법 정부 총리에게 스투징 공격을 하겠다고 위협하는 군중을 해산시켰다.

주근깨투성이의 여섯 살짜리 꼬마는 눈물을 흘리면서 기자에게 다음과 같이 말하고는 회견장을 떠났다.

"저는 스투징이 좋아요. 아빠와 나는 추격꾼이 파수꾼을 납작하게 혼내주는 걸 보면 신이 나요. 근데 이제는 더 이상 퀴디치 경기장에 가고 싶지 않아요."

1884년 6월 22일 자 《예언자일보》

수색꾼

대개 몸이 가장 가볍고 빠른 선수인 수색꾼은, 예리한 눈과 한 손 혹은 양손을 모두 자유롭게 사용하면서도 빗자루를 타고 날아갈 수 있는 능력을 갖추어야 한다. 또한 퀴디치 시합의 전체적인 결과에 지대한 영향을 미치는 탓에, 상대 팀 선수들로부터 가장 많이 반칙을 당하기도 한다. 팀이 패배의 문턱에 서 있다가도, 수색꾼이 스니치를

붙잡아 승리를 낚아채는 경우가 많기 때문이다. 사실 수색꾼은 눈부신 영광이 뒤따르는 자리이자 전통적으로 가장 뛰어난 선수인 동시에 가장 심한 부상을 입는 자리이기도 하다. 브루터스 스크림저가 쓴 《몰이꾼의 성서》에 나오는 첫 번째 계명은 바로 '수색꾼을 제거하라'다.

∼규칙∼

1750년 마법 스포츠부에서는 아래와 같은 퀴디치 규칙을 제정했다.

1. 경기 도중에 선수가 올라갈 수 있는 높이에는 아무런 제약이 없지만, 결코 경기장의 정해진 구역을 벗어나서는 안 된다. 만약 한 명이라도 경기장 밖으로 벗어날 경우, 그 선수가 속한 팀은 상대 팀에게 퀴플을 넘겨주어야 한다.

2. 팀의 주장은 심판에게 신호를 보내 '타임아웃'을 요

청할 수 있다. 시합 도중에 선수의 발이 운동장에 닿아도 되는 때는 오직 그 시간뿐이다. 만약 시합이 열두 시간 이상 지속된다면, 타임아웃은 두 시간까지 연장될 수 있다. 두 시간이 지난 후에도 경기장으로 돌아오지 않은 팀은 자동 실격된다.

3. 심판은 반칙을 저지른 팀에 페널티를 부과할 수 있다. 페널티를 받은 팀의 상대 팀 추격꾼은 중앙의 원에서 득점 구역으로 날아간다. 파수꾼을 제외한 모든 선수들은, 페널티가 행해지는 동안 뒤로 물러서 있어야 한다.

4. 다른 선수가 가지고 있는 쿼플은 얼마든지 빼앗을 수 있다. 하지만 어떤 상황에서도 상대 선수의 신체 부위에 닿아서는 안 된다.

5. 만약 어떤 선수가 부상을 당했다 하더라도, 다른 선수가 그 자리를 대신할 수는 없다. 해당 팀은 부상당한 선수를 제외한 인원으로 시합을 이어 나간다.

6. 마법 지팡이는 경기장 안으로 가지고 들어갈 수 있다.* 하지만 어떤 상황에서도 상대 팀 선수나 빗자루, 심판 혹은 공이나 관중에게 사용해서는 안 된다.

7. 퀴디치 경기는 골든 스니치가 잡혔을 때, 혹은 양 팀의 주장이 합의하는 경우에 종료된다.

반칙

물론 규칙은 깨지기 위해 만들어지는 것이다. 마법 스포츠부의 기록에는 700개의 퀴디치 반칙이 실려 있는데, 이 모든 반칙은 1473년 제1회 퀴디치 월드컵 결승전에서 범해진 것으로 알려져 있다. 목록을 본 마법사들이 "새로운 발상을 얻을지 모른다"는 마법 정부의 견해에 따라, 이 반칙 총목록은 일반에게 공개되지 않는다.

    나는 이 책을 쓰기 위해 여러 가지 연구를 하면서 이들

---

* 마법사가 언제나 지팡이를 들고 다닐 수 있는 권리는 1692년 국제 마법사 연맹에 의해 확립되었다. 그 당시 머글의 마법사 박해가 최고조에 달했기 때문에, 마법사들은 항상 몸을 숨기고 피해 있어야만 했다.

반칙에 관련된 서류를 가까이 접하는 행운을 얻었다. 그리고 이 반칙들을 공개하는 것에 어떤 공공의 이익도 없으리라는 사실을 확인했다. 이 반칙의 90%는 상대 팀 선수에게 지팡이를 사용할 수 없다는 조항(이 조항은 1538년에 생겨났다)이 제대로 지켜진다면 불가능한 행위들이고, 나머지 10%의 반칙은 제아무리 야비한 선수라 하더라도 범하지 않으리라 단언할 수 있는 것들이다. 예를 들면 '상대방 빗자루 끝에 불붙이기', '곤봉으로 상대방 빗자루 내리치기', '도끼로 상대방 선수 공격하기' 따위다.

물론 오늘날의 퀴디치 선수들이 절대로 규칙을 어기지 않는다고 말할 수는 없다. 가장 흔하게 저질러지는 반칙 열 가지는 다음과 같다. 각 반칙에 대한 정확한 퀴디치 용어를 제일 앞 칸에 적어 놓았다.

명칭	적용 대상	내용
블래깅	모든 선수	상대 선수의 빗자루 꼬리를 고의적으로 붙잡아서 속력을 늦추거나 방해하는 행위.
블래칭	모든 선수	고의로 상대 선수와 충돌하기 위해 돌진하는 행위.
블러팅	모든 선수	상대 선수가 진로에서 이탈하도록 빗자루 손잡이로 막는 행위.
범핑	몰이꾼	관중을 향해 블러저를 날려서, 경기 요원들이 관중을 보호하기 위해 달려가는 동안 경기가 중단되게 만드는 행위. 때때로 파렴치한 선수들이 상대 팀 추격꾼이 득점하지 못하도록 방해하려고 사용하기도 한다.
코빙	모든 선수	상대 선수를 팔꿈치로 과도하게 밀치는 행위.

플래킹	**파수꾼**	쿼플을 바깥으로 쳐 내기 위해 신체의 일부가 고리를 통과해 골대에 밀착해 있는 상태. 파수꾼은 골대 뒤가 아니라 앞에서 수비를 하도록 되어 있다.
하버새킹	**추격꾼**	쿼플을 손에 쥔 채 그대로 골대에 집어넣는 행위(쿼플은 반드시 던져서 넣어야 한다).
쿼플 포킹	**추격꾼**	쿼플을 함부로 손상시키는 행동. 예를 들면 쿼플에 구멍을 내서 더욱 빨리 떨어지거나 지그재그로 떨어지게 하는 행위.
스니치 니핑	**수색꾼을 제외한 모든 선수**	수색꾼을 제외한 다른 선수들이 골든 스니치를 만지거나 잡는 행위.
스투징	**추격꾼**	두 명 이상의 추격꾼이 득점 구역 안으로 들어가는 행위.

∼심판∼

한때 오직 가장 용감한 마법사만이 퀴디치 시합의 심판을 볼 수 있던 시절이 있었다. 재커라이어스 멈프스의 기록에 따르면, 1357년 '키프로스 사람 유들'이라고 불리는 노퍽주의 심판이 그 지역 마법사들끼리 벌인 친선 경기 도중에 목숨을 잃었다. 심판에게 저주를 퍼부은 사람이 누구인지는 결코 밝혀지지 않았지만, 관중 가운데 한 사람이었을 것으로 추정된다. 그 이후에 구체적으로 입증된 심판 살해 사건은 없었지만, 심판의 빗자루에 손을 댄 사건은 몇 세기를 내려오는 동안 여러 번 있었다. 그중에서도 가장 위험했던 경우는 심판의 빗자루를 포트키로 바꾸어 놓은 것이었다. 그 심판은 경기 도중에 갑자기 사라져, 몇 달 후에 사하라 사막 한가운데에서 발견되었다. 마법 스포츠부는 그 즉시 선수들의 빗자루와 관련된 보안 대책으로 엄격한 수칙을 발령했고, 다행스럽게도 이제 그런 사건은 거의 일어나지 않는다.

유능한 퀴디치 심판은 단지 능숙한 빗자루 비행사 이상의 자질을 필요로 한다. 열네 명 선수들의 행동을 동시

에 지켜보아야 하기 때문에, 심판이 가장 흔하게 입는 부상은 목 근육 이상이다. 프로팀의 시합에서는 심판 이외에도 경기 위원들이 경기장 주위에 지키고 서서 선수나 공이 경기장 밖으로 벗어나지 못하도록 감시한다.

영국의 경우, 퀴디치 심판은 마법 스포츠부에서 선정한다. 심판이 되고자 하는 사람은 혹독한 비행 시험과 퀴디치 규칙에 관한 까다로운 필기시험을 통과해야만 한다. 그리고 강도 높은 일련의 테스트를 통해서, 아무리 심각한 정신적 압박에 시달려도 반칙을 저지르는 선수에게 마법이나 저주를 퍼붓지 않을 수 있다는 것을 보여야만 한다.

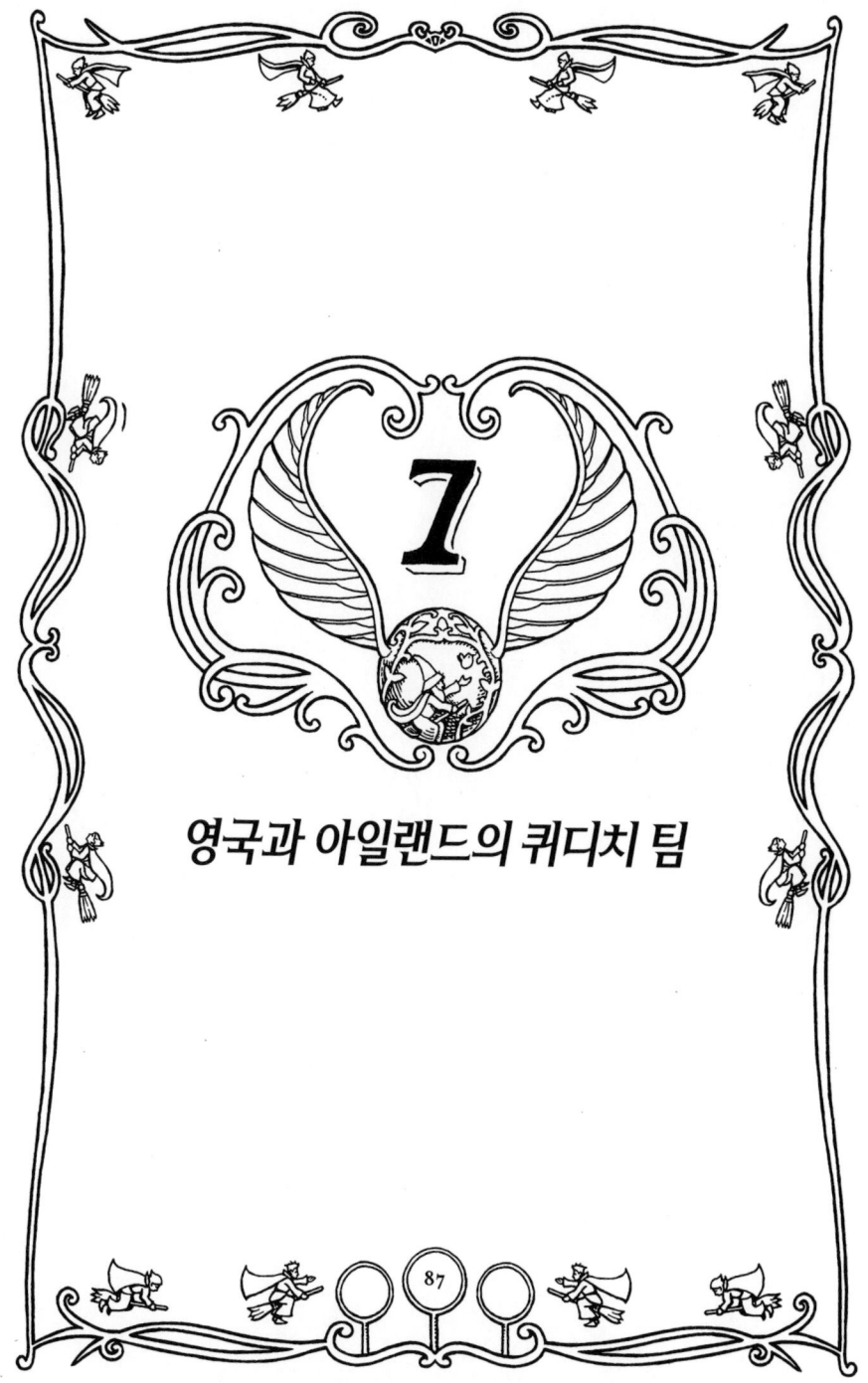

7

영국과 아일랜드의 퀴디치 팀

퀴디치 경기가 열린다는 사실이 머글에게 알려져 서는 안 되기 때문에, 마법 스포츠부에서는 해마 다 열리는 경기의 횟수를 제한하고 있다. 아마추어 경기 는 적절한 안전 수칙이 지켜지는 한 얼마든지 허용되지 만, 프로 퀴디치 팀의 경기는 1674년 퀴디치 리그가 탄생 한 이후로 그 수가 제한되어 있다. 1674년, 영국과 아일 랜드에서 가장 훌륭한 열세 팀이 선발되어 리그를 이루면 서 그 외의 팀들은 모두 해산을 요구받았다. 이 열세 개의 프로 팀은 해마다 리그 우승컵을 차지하기 위해 치열하게 겨루고 있다.

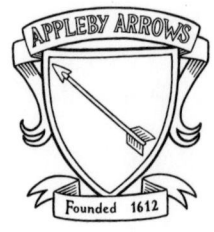

애플비 애로스

이 북부 잉글랜드 팀은 1612년에 창단되었으며, 은빛 화살이 그려진 연한 푸른색 선수복을 입는다. 애플비 애로스의 열성 팬이라면, 이 팀의 가장 영광스러웠던 순간은 바로 1932, 당시 유럽 챔피언이었던 브라차 벌처스를 패배시켰을 때라는 데 동의할 것이다. 이 시합은 짙은 안개가 끼고 폭우가 쏟아지는 가운데 열엿새 동안이나 계속되었다. 애플비 애로스의 응원단에는 예로부터 자기편 추격꾼이 득점할 때마다 지팡이를 공중으로 치켜들고 그 끝에서 화살을 쏘아 올리는 오랜 전통이 있었는데, 1894년 불행하게도 그 화살 중 하나가 심판 누젠트 포츠의 코를 꿰뚫은 이후로 마법 스포츠부에서 이 관행을 완전히 금지시켰다. 전통적으로 애플비 애로스와 윔본 와스프스는 최고의 경쟁 상대다('윔본 와스프스' 항목 참조).

밸리캐슬 배츠

북부 아일랜드에서 가장 유명한 이 퀴

디치 팀은 지금까지 퀴디치 리그에서 총 스물일곱 번이나 우승을 차지했다. 이는 퀴디치 리그 역사상 두 번째로 많은 우승 기록이다. 밸리캐슬 배츠는 가슴에 붉은 박쥐가 그려진 검은색 선수복을 입는다. 이 팀의 유명한 마스코트 과일박쥐 바니는 버터맥주 광고에 등장하는 박쥐로도 널리 알려져 있다(바니는 이렇게 말한다. 나는 버터맥주에 푹 빠졌어요!).

케어필리 캐터펄츠

웨일스에서 1402년에 창단된 케어필리 캐터펄츠는 연한 초록색과 붉은색 수직 줄무늬가 들어간 선수복을 입는다. 이 팀이 남긴 눈부신 기록에는 퀴디치 리그 열여덟 차례 우승과 1956년 유럽 컵 결승전에서 거둔 역사적인 승리 등이 있다. 이 시합에서 케어필리 캐터펄츠는 노르웨이의 카라쇼크 카이츠를 상대로 당당하게 승리를 거두었다. 이 팀에서 가장 유명한 선수였던 '위험천만한 다이' 르웰린이 그리스의 미코노스에서 휴가를 보내던 도중에 키메라에게 잡아먹히는 비극적인 죽음을 맞이하자, 웨

일스의 모든 마법사는 꼬박 하루를 바쳐 거국적으로 그의 죽음을 애도했다. 오늘날 매 시즌이 끝날 때마다, 리그 시합 도중 가장 짜릿하고 아슬아슬한 모험을 감행한 선수에게 위험천만한 다이 기념 메달이 수여되고 있다.

처들리 캐넌스

수많은 사람들이 처들리 캐넌스의 전성시대는 이미 끝났다고 생각할지도 모른다. 하지만 처들리 캐넌스의 헌신적인 팬들은 자신들의 팀이 부활하기를 고대하며 살아가고 있다. 처들리 캐넌스는 퀴디치 리그에서 무려 스물한 번이나 우승을 차지했지만, 마지막으로 우승한 때가 1892년으로 지난 한 세기가 흐르는 동안 그들의 업적은 빛이 바래고 말았다. 처들리 캐넌스의 선수복은 빠르게 날아가는 대포알과 검은색 C자가 두 개 새겨진 밝은 오렌지색 제복이다. 이 팀의 구호는 1972년에 '우리는 정복하리라'에서 '그저 다 같이 행운을 빌며 잘되기를 바라자'로 바뀌었다.

팰머스 팰컨스

팰머스 팰컨스는 가슴에 매의 머리가 그려진 짙은 회색과 하얀색의 선수복을 입는다. 팰머스 팰컨스는 거친 플

![illustration]

레이를 하는 것으로 유명한데, 세계적으로 유명한 이 팀의 몰이꾼 케빈과 칼 브로드무어의 활약으로 이 평판은 더욱 공고해졌다. 두 선수는 1958년부터 1969년까지 이 팀에서 활약하면서, 마법 스포츠부로부터 열네 번이나 시합 출전 정지 명령을 받기도 했다. 이 팀의 구호는 다음과 같다. '승리하자. 승리할 수 없다면, 최소한 머리통 몇 개는 박살 내자.'

홀리헤드 하피스

홀리헤드 하피스는 매우 전통 깊은 웨일스 팀이며(1203년에 창단했다) 또한 전 세계 퀴디치 팀 중에서 가장 독특한 팀이기도 한데, 오직 여성 선수들로만 이루어져 있기 때문이다. 홀리헤드 하피스의 선수복은 짙은 초록색으로, 가슴에는 황금 발톱이 그려져 있다. 1953년 홀리헤드 하피스가 하이델베르크 해리어스와 싸워서 승리한 경기가 퀴디치 역사상 가장 멋진 경기 가운데 하나였다는 의견에는 누구나 동의할 것이다. 무려 7일에 걸쳐서 치열하게 싸운 끝에, 홀리헤드 하피스의 수색꾼 글리니스 그리

피스가 극적으로 스니치를 붙잡으면서 경기가 종료되었다. 경기가 끝나자 하이델베르크 해리어스의 주장 루돌프 브란트가 빗자루에서 내려오더니 상대 팀 선수인 그웬돌린 모건에게 청혼한 사실 역시 유명하다. 그웬돌린 모건은 자신의 빗자루 클린스윕 5로 루돌프 브란트의 머리를 내리쳐서 뇌진탕을 일으킨 장본인이었다.

켄메어 케스트럴스

이 아일랜드 팀은 1291년에 창단되었다. 이 팀의 마스코트인 레프러콘의 환상적인 공연과 응원단의 뛰어난 하프 연주 덕에, 켄메어 케스트럴스는 전 세계적인 인기를 누리고 있다. 이 팀의 선수복은 가슴에 노란색 K자 두 개가 서로 등을 맞대고 있는 그림이 그려진 에메랄드그린색 옷이다. 1947년에서 1960년까지 켄메어 케스트럴스의 파수꾼이었던 대런 오헤어는 아일랜드 국가 대표팀 주장을 세 번이나 지냈으며, 추격꾼 매 머리 공격 대형(제10장을 참조할 것)을 고안한 인물로 알려져 있다.

몬트로즈 맥파이스

몬트로즈 맥파이스는 영국과 아일랜드 리그 역사상 최고의 성적을 거두고 있는 팀으로, 무려 서른두 번이나 우승을 차지했다. 유럽 챔피언 자리에도 두 번이나 오른 몬트로즈 맥파이스는 전 세계에 수많은 팬을 갖고 있다. 몬트로즈 맥파이스가 배출한 수많은 특출한 선수 중에는, 지금 사용하는 스니치는 너무 잡기가 쉬우니 좀 더 빠른 스니치를 달라고 탄원했던 수색꾼 유니스 머리(1942년 사망)와, 선수 생활을 성공적으로 마치고 마법 스포츠부의 책임자로 역시 눈부신 활동을 펼쳤던 해미시 맥팔랜(1957년부터 1968년까지 이 팀의 주장을 역임) 등이 있다. 몬트로즈 맥파이스의 선수복은 하얀색과 검은색이며, 등과 가슴에 까치 한 마리가 그려져 있다.

프라이드 오브 포트리

프라이드 오브 포트리는 스카이섬 출신들로 구성되어 있으며, 1292년에 창단되었다. 팬들이 '프라이드'라고

즐겨 부르는 이 팀은, 가슴에 황금색 별 한 개가 그려진 짙은 보라색 선수복을 입는다. 프라이드 오브 포트리에서 가장 유명한 추격꾼이었던 캐트리오나 매코맥은 1960년대에 이 팀의 주장을 맡아 두 번 우승을 차지했으며, 스코틀랜드 대표 선수로 활약하면서 서른여섯 번의 경기에 나섰다. 캐트리오나 매코맥의 딸 미건은 현재 이 팀의 파수꾼으로 뛰고 있다(캐트리오나 매코맥의 아들 컬리는 '운명의 세 여신'이라는 인기 마법사 밴드에서 리드 기타를 맡고 있다).

퍼들미어 유나이티드

1163년에 창단된 퍼들미어 유나이티드는 리그 내에서 가장 전통 있는 팀이다. 퍼들미어 유나이티드는 리그전에서 스물두 차례 우승했으며, 유럽컵을 두 번 차지했다. 최근 노래하는 여성 마법사 셀레스티나 워벡은 '세인트 멍고 마법 질병 상해 병원'을 위한 기금을 마련하고자, 퍼들미어 유나이티드의 주제가인 〈소년들이여, 블러저를 되받아치고 퀘플을 여기에 던져라〉를 음반으로 만들기도 했다. 퍼들미어 유나이티드의 선수복은,

팀의 상징인 황금 부들 가지 두 개가 교차되어 있는 그림
이 그려진 짙은 푸른색 옷이다.

터츠힐 토네이도스

터츠힐 토네이도스는 가슴과 등에
검푸른색 T자가 이중으로 새겨진 하
늘색 선수복을 입는다. 1520년에 창
단된 이 팀은 20세기 초반에 최고의
전성기를 누렸다. 수색꾼 로더릭 플럼턴이 주장으로 활약
하던 이 시기에, 터츠힐 토네이도스는 리그 우승컵을 연
달아 다섯 번 손에 쥐며 영국·아일랜드 기록을 세웠다. 로
더릭은 영국 대표팀 수색꾼으로 스물두 차례 출전했으며,
경기 중 최단 시간 내에 스니치를 붙잡는 신기록을 세웠
다(1921년에 케어필리 캐터펄츠와의 시합에서 불과 3.5초 만에 스
니치를 잡았다).

위그타운 원더러스

잉글랜드와 스코틀랜드의 경계에 위
치하고 있는 지방 팀인 위그타운 원더

러스는, 1422년 월터 파킨이라는 한 정육점 주인이자 마법사의 일곱 자식을 중심으로 창설되었다. 네 아들과 세 딸은 좀처럼 패하지 않는 강력한 팀을 이루는데, 부분적으로는 아버지 월터 파킨이 한 손에 마법 지팡이를 들고 다른 한 손에는 고기 써는 칼을 든 채 경기장 옆에 서 있는 모습을 보고 상대 팀이 그만 주눅이 들었기 때문이라고 한다. 그 이후로도 몇 세기 동안 파킨 가문의 후예들은 종종 위그타운 원더러스의 선수로 활약했다. 그들의 기원을 기리는 의미로, 위그타운 원더러스의 선수들은 피처럼 붉은 옷에 가슴에는 은빛이 도는 고기 자르는 칼이 그려진 선수복을 입는다.

윔본 와스프스

윔본 와스프스는 노란색과 검은색 가로줄 무늬가 들어가고 가슴에는 말벌이 그려져 있는 선수복을 입는다. 1312년에 창단된 윔본 와스프스는 리그전에서 열여덟 차례 우승했으며, 유럽 컵에서는 두 차례 준결승까지 진출했다. '윔본 와스프스'라는 이름

은 17세기 중반 애플비 애로스와의 경기 도중 일어난 고약한 사건에서 비롯되었다고 한다. 당시에 한 몰이꾼이 경기장 바로 옆에 서 있는 나무 근처를 날아가다가 그 나뭇가지에 말벌의 둥지가 있는 것을 발견하고, 그것을 애플비 애로스의 수색꾼을 향해 날려 보냈다. 그 바람에 벌에 심하게 쏘인 수색꾼은 그만 시합을 포기해야만 했다. 결국 윔본 와스프스가 경기에서 승리를 거두었으며, 그 이후로 말벌이 이 팀의 행운의 상징으로 채택되었다('와스프wasp'는 말벌을 뜻함―옮긴이). 전통적으로 윔본 와스프스의 팬('스팅어스'라고 불린다)들은 자신들의 팀이 페널티를 받으면, 상대 팀 추격꾼들의 주의를 산만하게 만들기 위해서 큰 소리로 붕붕거리며 함성을 지르곤 한다.

영국과 아일랜드의

퀴디치 팀들

영국과 아일랜드의
퀴디치 리그

SINCE 1674

8

퀴디치의 확산

∽유럽∽

1385년 퀴디치 경기에 대한 재커라이어스 멈프스의 기록으로도 증명되듯이, 14세기 무렵 아일랜드에서는 퀴디치 경기가 완전히 자리를 잡았다.

코크의 한 마법사 팀이 퀴디치 시합을 하러 바다 건너 랭커셔로 날아가, 그 지방의 영웅들을 납작하게 짓눌러 주민들의 감정을 자극하고 말았다. 이 아일랜드 선수들이 쿼플을 가지고 지금껏 랭커셔에서는 구경조차 하지 못한 속임수를 썼던 것이다. 결국 화가 난 관중이 지팡이를 들고 뒤

쫓아 오자, 그들은 목숨을 건지기 위해 부랴부랴 도망쳐
야만 했다.

여러 가지 역사적인 자료로 보아, 퀴디치 경기는 15세
기 초반에 유럽의 다른 지역으로 확산되었음을 알 수 있
다. 우리는 노르웨이가 일찍이 퀴디치 경기를 받아들인
국가라는 사실을 알고 있다. (혹시 굿윈 닌의 사촌이었던 올라
프가 이 경기를 소개한 것은 아닐까?) 왜냐하면 1400년대 초반
에 잉골프르라는 시인이 다음과 같은 내용의 시를 썼기
때문이다.

 하늘 높이 날아가는 스니치를 쫓아
바람에 머리카락을 흩날리며
허공을 치솟을 때의 그 전율
점점 다가갈수록 관중은 함성을 지르고
다음 순간 블러저가 날아와
나를 쓰러뜨리네.

같은 시기에 프랑스 마법사 말레크리는 희곡 《슬프도

다, 내가 내 발을 변신시켰네 Hélas, Je me suis Transfiguré Les Pieds》
에서 다음과 같은 구절을 썼다.

> 그르뉴: 크라포, 오늘은 함께 시장에 갈 수가 없어.
> 크라포: 하지만 그르뉴, 나 혼자 소를 끌고 올 순 없단
> 말이야.
> 그르뉴: 크라포, 너도 알다시피 나는 오늘 아침 파수꾼
> 노릇을 해야 해. 내가 시합에 나가지 않으면
> 누가 쿼플을 막을 수 있겠어?

1473년에는 제1회 퀴디치 월드컵이 열렸다. 그러나
이 대회에 참가한 나라는 모두 유럽 국가뿐이었다. 더 먼
나라의 대표팀이 참석하지 않은 것은, 아마도 초대장을
전달하는 임무를 맡은 부엉이가 가다가 지쳐서 그만 떨어
뜨렸거나, 초대받은 선수들이 그렇게까지 멀고 위험한 여
행을 하기가 망설여졌거나, 혹은 단순히 집에 있는 편을
더 좋아했기 때문이었을 것이다.

트란실바니아와 플랜더스가 겨루었던 최종 결승전은
역사상 가장 졸렬했던 시합으로 길이 남았다. 그때 저질

1473 퀴디치

월드컵 결승전

러진 수많은 반칙은 그전까지는 한 번도 보지 못했던 기상천외한 것들이었는데, 예를 들어서 추격꾼을 족제비로 둔갑시켜 버린다거나, 브로드소드로 상대 팀 파수꾼의 목을 베려고 한다거나, 혹은 트란실바니아 주장의 옷 속에서 백여 마리의 흡혈 박쥐가 우르르 쏟아져 나오게 하는 등이었다.

　월드컵은 4년마다 한 번씩 열렸지만, 17세기 이전까

지 유럽 이외의 다른 지역 팀은 대회에 참가하지 않았다. 1652년에는 유럽 컵이 시작되어 3년에 한 번씩 개최되었다.

유럽의 수많은 뛰어난 팀 중에서 아마도 불가리아의 **브라차 벌처스**가 가장 유명할 것이다. 일곱 차례 유럽 컵에서 우승한 브라차 벌처스는 분명 전 세계에서 가장 아슬아슬한 시합을 벌이는 팀이다. 장거리 득점(득점 구역 밖에서 공을 던지는 것)의 선구자이며, 언제나 새로운 선수가 명성을 날릴 수 있도록 기꺼이 기회를 제공한다.

프랑스 리그 최다 우승팀인 **키브롱 쿼플펀처스**는 선명한 분홍색 선수복만큼이나 화려한 플레이로 명성이 높다. 독일에는 **하이델베르크 해리어스**가 있는데, 아일랜드 팀 주장이었던 대런 오헤어는 언젠가 이 팀을 두고 '용보다 사납고 두 배는 똑똑하다'는 유명한 말을 남기기도 했다. 항상 퀴디치 강국이었던 룩셈부르크에는 **비건빌 바머스**가 있는데, 이 팀은 공격적인 전략을 펼치는 것으로 유명하다. 포르투갈의 **브라가 브룸플리트**는 최근 획기적인 몰이꾼 수비 체제를 도입하여 새로운 강팀으로 떠올랐다. 폴란드의 **그로지스크 고블린스**는 세계에서 가장 혁신적

인 수색꾼 요세프 브론스키를 배출했다.

～오스트레일리아와 뉴질랜드～

마법 식물과 효모를 연구하기 위해 뉴질랜드로 탐사 여행을 떠났던 유럽 약초학자들의 주장에 따르면, 퀴디치 경기가 뉴질랜드에 소개된 것은 17세기 무렵이다. 그들은 하루 종일 식물 표본을 채집하는 고된 일이 끝나면, 원주민 마법사들이 어리벙벙한 눈길로 그들을 바라보는 가운데 퀴디치 시합을 하며 피로를 풀었다고 한다. 뉴질랜드 마법 정부가 그 당시 마오리족의 공예품이 머글 손에 들어가지 않도록 엄청난 돈과 시간을 투자했던 것은 사실이다. 그 공예품에 퀴디치 경기를 하는 백인 마법사들의 모습이 선명하게 그려져 있기 때문이다(이들 조각품과 그림은 현재 웰링턴에 있는 마법 정부에 전시되어 있다).

퀴디치 경기가 오스트레일리아까지 전파된 것은 18세기 무렵이라고 추정된다. 퀴디치 경기장을 세우기에 적합한 황량한 들판이 널려 있는 오스트레일리아는 그야말로

퀴디치 경기를 하기에 이상적인 땅이라고 할 수 있다.

이 두 나라의 선수들은 빠른 속도와 쇼맨십으로 언제나 유럽 관중을 흥분시켰다. 가장 뛰어난 팀에는 **모우토호라 매커우스**(뉴질랜드)가 있다. 붉은색과 노란색 그리고 푸른색이 들어간 선수복과 마스코트인 불사조 스파키가 유명하다. **선델라라 선더러스**와 **울런공 워리어스**는 한 세기 동안 오스트레일리아 리그를 지배하다시피 했다. 두 팀의 뿌리 깊은 반목은 오스트레일리아 마법 사회의 전설이 되었고, 도저히 믿을 수 없는 주장이나 허풍을 들으면 "좋아, 그렇다면 나는 다음번 선더러스 대 워리어스 경기의 심판에 지원하겠어"라고 대꾸하는 유행어를 낳기도 했다.

～아프리카～

하늘을 나는 빗자루가 아프리카 대륙에 소개된 것은 아마도 연금술이나 천문학에 대한 정보를 얻기 위해 아프리카를 여행하던 유럽의 마법사들 덕분일 것이다. 아프리카

마법사들은 언제나 연금술이나 천문학에 굉장히 밝았다. 아직까지 유럽만큼 널리 보급되지는 않았지만, 퀴디치 경기는 아프리카 대륙 전체에서 점점 인기를 끌고 있다.

특히 우간다는 새로운 퀴디치 강국으로 떠오르고 있다. 가장 유명한 팀인 **파퉁가 프라우드스틱스**는 1986년 몬트로즈 맥파이스와의 경기에서 무승부를 거두면서, 퀴디치 경기 사상 가장 충격적인 이변을 낳았다. 최근 프라우드스틱스 선수 여섯 명이 우간다 국가 대표로 퀴디치 월드컵에 참가했는데, 이렇게 많은 단일팀 출신 선수들이 국가 대표팀을 구성한 일은 이번이 처음이었다. 주목할 만한 또 다른 아프리카 팀으로는, 역패스의 달인 **참바차머스**(토고), 올아프리카 컵에서 두 번 우승한 **짐비 자이언트슬레이어스**(에티오피아) 그리고 공중돌기 편대 묘기를 선보여 전 세계 관중을 열광시킨 **섬바왕가 선레이스**(탄자니아) 등이 있다.

~북아메리카~

퀴디치 경기가 북아메리카 대륙에 소개된 것은 17세기 초 반이었다. 하지만 불행하게도, 똑같은 시기에 유럽에서 전파된 강렬한 반마법사 감정 때문에 완전히 자리를 잡는 데에는 오랜 시간이 걸렸다. 새로운 대륙에서는 머글들의 편견이 덜하지 않을까 하는 희망을 가지고 이주했던 대부 분의 마법사 정착민들은 신분을 감추기 위해 엄청난 노력 을 기울여야 했고 그래서 정착 초기부터 이 경기의 전파 를 엄격하게 제한했다.

하지만 훗날 캐나다에서는 세계에서 가장 뛰어난 퀴디 치 팀이 세 팀 배출되기도 했는데, 바로 **무스 조 메테오라 이츠**와 **헤일리버리 해머스** 그리고 **스톤월 스토머스**다. 한 때 무스 조 메테오라이츠는 경기가 끝난 후에 빗자루 끝 에서 맹렬한 불꽃을 뿜으며 이웃 마을과 도시 위를 날아 다녔다. 이는 승리를 자축하는 무스 조 메테오라이츠의 오랜 관습이었는데, 메테오라이츠는 이 관습을 끝까지 고 집하다가 1970년대에 하마터면 팀이 해산될 뻔하는 위 기를 겪기도 했다. 이제 이 팀은 시합이 한 번 끝날 때마

다 경기장 안에서만 이 전통을 이어 가고 있어, 그 장관을 보기 위해 무스 조 메테오라이츠의 시합에는 항상 엄청난 수의 마법사 관광객이 몰려들곤 한다.

다른 나라들과 비교해 볼 때 미국에서는 세계적인 퀴디치 팀이 그다지 많이 배출되지 않았는데, 미국의 전통적인 빗자루 경기인 쿼드팟과 경쟁을 해야만 했기 때문이다. 퀴디치 경기의 변형인 쿼드팟은 18세기에 에이브러햄 피즈굿이라는 마법사에 의해 창안되었다. 에이브러햄 피즈굿은 유럽에서 쿼플을 하나 가져와 신생 퀴디치 팀을 창단할 생각이었다. 그런데 피즈굿의 쿼플이 트렁크 속에서 우연히 그의 지팡이 끝에 닿으면서부터 사건은 시작되었다. 피즈굿이 다시 꺼냈을 때, 쿼플은 별다른 이상이 없는 것처럼 이리저리 날아다니다가 바로 그의 코앞에서 펑 하고 터져 버렸다. 아마도 에이브러햄 피즈굿은 엄청난 유머 감각을 지닌 사람이었던 모양이다. 그는 곧장 모든 가죽공에 똑같은 마법을 걸어, 퀴디치 생각은 까맣게 잊어버린 채 친구들과 함께 새로운 경기를 고안해 냈다. 그것은 바로 '쿼드'라고 이름 붙인 폭발하는 공을 가지고 하는 경기였다.

쿼드팟 경기에는 한 팀에 열한 명의 선수가 출전한다. 그들은 쿼드 혹은 변형된 쿼플을 같은 팀 선수끼리 이리 저리 주고받으며, 공이 폭발하기 직전에 경기장 끝에 있는 '팟'에 집어넣는다. 쿼드가 폭발하면, 쿼드를 가지고 있던 선수는 누구든 경기장 밖으로 나가야 한다. 일단 쿼드가 '팟'(쿼드가 폭발하지 않도록 중화제를 넣은 작은 솥) 안에 안전하게 들어가면 쿼드를 넣은 팀이 1점을 얻고, 그다음에 새로운 쿼드를 가지고 경기를 이어 간다. 쿼드팟은 유럽에서도 소수의 팬을 가진 운동으로 자리를 잡았다. 물론 대다수의 마법사들은 여전히 퀴디치 경기에 열광하고 있지만 말이다.

경쟁자인 쿼드팟의 매력에도 불구하고, 퀴디치는 차츰 미국에서 인기를 얻어 가고 있다. 최근에는 두 팀이 국제적인 수준까지 올라섰는데, 바로 텍사스 출신의 **스위트워터 올스타스**와 매사추세츠의 **피치버그 핀치스**다. 스위트워터 올스타스는 1993년 닷새에 걸쳐 긴장감 넘치는 시합을 펼친 끝에, 키브롱 쿼플펀처스를 상대로 멋진 승리를 거두었다. 피치버그 핀치스는 US 리그에서 일곱 번 우승했는데, 이 팀의 수색꾼 맥시머스 브랜코비치 3세는 지

난 두 차례 월드컵에서 미국 대표팀 주장을 맡았다.

～남아메리카～

남아메리카 전역에서 퀴디치 경기가 활발하게 열리고 있는데, 물론 이곳에서도 북아메리카에서처럼 쿼드팟과 치열하게 경쟁해야만 한다. 아르헨티나와 브라질 모두 지난 세기에 월드컵 준결승까지 올라갔다. 남아메리카에서 가장 뛰어난 기술을 가지고 있는 국가는 두말할 나위 없이 페루로, 앞으로 10년 이내에 최초의 라틴 월드컵 우승국이 될 공산이 크다. 페루의 마법사들은, 국제 연맹에서 바이퍼투스(페루산 용)의 숫자를 조사하기 위해 파견한 유럽 마법사들에 의해 처음 퀴디치 경기가 전파되었다고 믿고 있다. 그다음부터 퀴디치는 이곳 마법사 사회가 진정으로 열광하는 대상이 되었다. 가장 유명한 팀은 **타라포토 트리스키머스**인데, 이 팀은 최근에 유럽 원정 경기에서 큰 갈채를 받았다.

～아시아～

동양에서는 퀴디치가 한 번도 큰 인기를 얻지 못했다. 마법사가 이동 수단으로 날아다니는 빗자루를 사용하는 경우가 극히 드물고, 여전히 양탄자를 선호하기 때문이다. 심지어 하늘을 나는 양탄자로 활발한 교역을 펼치고 있는 인도, 파키스탄, 방글라데시, 이란 그리고 몽골과 같은 나라의 마법 정부에서는 퀴디치 경기를 의심스러운 눈길로 바라본다. 하지만 일반 마법사들 사이에서는 몇몇 팬들이

생겨나고 있다.

　이러한 일반적인 경우에 단 하나 예외적인 나라는 바로 일본이다. 일본에서는 지난 한 세기 동안 퀴디치가 꾸준한 인기를 끌었다. 일본에서 가장 뛰어난 퀴디치 팀은 **도요하시 덴구**로, 1994년 리투아니아의 고로도크 가고일스와의 경기에서 아슬아슬하게 승리를 놓쳤다. 팀이 패배할 경우 빗자루를 불태우는 일본의 의식에 대해, 국제 마법사 연맹 퀴디치 위원회는 나무 자원의 낭비라고 비난했다.

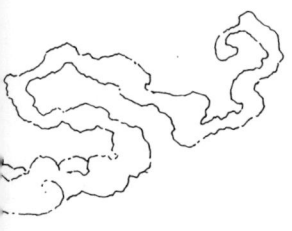

9

경주용 빗자루의 발달

19세기 **초반까지** 퀴디치 경기에는 그 모양새와 기능이 제각기 다른 다양한 빗자루가 사용되었다. 이 빗자루들은 중세 이후로 빗자루가 엄청난 진보를 이루어 왔다는 사실을 보여 주고 있다. 1820년에 엘리엇 스메스윅이 고안한 방석 마법은 빗자루를 이전보다 훨씬 더 편안하게 만드는 데 큰 기여를 했다(그림 6 참조). 그럼에도 불구하고 19세기의 빗자루는 일반적으로 빠른 속력을 낼 수 없었으며, 높은 고도에서는 종종 통제하기가 어려웠다. 원래 빗자루는 빗자루 장인 개개인의 수작업을 통해서 주로 생산되어 왔다. 그러므로 겉모양이나 수공예품이라는 측면에서는 찬탄할 만했지만, 그 성능은 멋진 외양

을 따라가는 경우가 극히 드물었다.

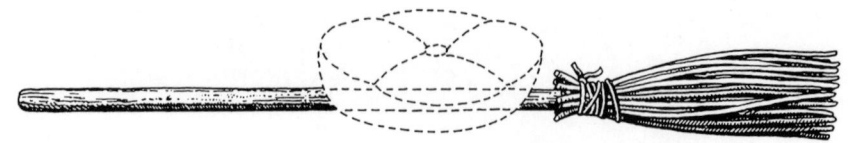

마법 방석의 효과
(투명해서 눈에 보이지 않는다)

그림 6

이러한 경우가 바로 **오크샤프트 79**(1879년에 처음 제작되었기 때문에 이런 이름이 붙었다)라고 할 수 있다. 포츠머스의 일라이어스 그림스톤이라는 빗자루 제작자가 만든 오크샤프트는 장거리 비행이 가능하고 세찬 바람에도 견딜 수 있게 고안된, 아주 두꺼운 떡갈나무 손잡이가 달린 멋진 빗자루였다. 현재 오크샤프트는 꽤 고가에 거래되는 골동품 빗자루가 되었지만, 이것을 퀴디치 경기에 사용하려는 시도는 번번이 실패하고 말았다. 오크샤프트가 너무나 육중해서 빠른 속력을 유지하면서 방향을 틀 수 없었기 때문이다. 결국 오크샤프트는 안전성보다는 기동성을

더욱 높이 평가하는 사람들 사이에서 전혀 인기를 끌지 못했다. 하지만 1935년 조컨다 사이크스가 이 빗자루를 타고 처음으로 대서양을 횡단했다는 사실은 앞으로도 영원히 기억될 것이다. (이전까지 마법사들은 이렇게 먼 거리를 여행할 때 빗자루에 의지하기보다는 배를 타는 것을 더욱 선호했다. 순간이동 마법은 이동 거리가 멀수록 사용하기가 어렵다. 그러므로 능력이 아주 뛰어난 마법사들만이 대륙을 가로지르는 시도를 할 수가 있었다.)

1901년에 글래디스 부스비라는 장인이 **문트리머**를 처음 만들어 냄으로써, 빗자루 제작은 한 단계 더 도약하게 된다. 서양물푸레나무 손잡이가 달린 이 날렵한 빗자루는 오랫동안 퀴디치 경기용 빗자루로 널리 애용되었다. 문트리머가 다른 빗자루에 비해 월등한 점은, 이전보다 훨씬 높은 고도까지 날아갈 수 있다는 것이었다(그리고 높은 고도에서도 통제가 가능했다). 하지만 글래디스 부스비는 퀴디치 선수들이 요구하는 만큼 많은 수의 문트리머를 생산할 수 없었다. 그러므로 새로운 빗자루인 **실버 애로**의 출현은 큰 환영을 받았다. 경주용 빗자루의 진정한 선구자라고 부를 수 있는 이 빗자루는, 문트리머나 오크샤프트보

다 더욱 빠른 속력을 낼 수 있었다(순풍을 타면 한 시간에 110 킬로미터까지도 가능했다). 하지만 실버 애로 역시 장인 마법사(레너드 주크스) 혼자서 제작했기 때문에, 넘치는 수요를 감당할 수가 없었다.

1926년에는 빗자루 제작 부문에서 혁신적인 변화가 일어났다. 빌과 바너비 올러턴, 일명 밥 형제가 클린스윕 빗자루 회사를 설립한 것이다. 이 회사의 첫 번째 모델이었던 **클린스윕** 1은 그때껏 상상도 하지 못한 엄청난 물량으로 생산되어 운동 경기를 위해 특별히 제작한 경기용 빗자루로 시장에 출시되었다. 클린스윕은 즉각적이고 엄청난 성공을 거두었다. 그때까지 어떤 빗자루도 그처럼 시장을 독점하지 못했다. 클린스윕이 출시된 지 채 1년도 안 되어 전국의 모든 퀴디치 팀이 이 빗자루를 사용하게 되었다.

하지만 올러턴 형제의 경주용 빗자루 시장 독점은 그리 오래가지 못했다. 1929년, 팰머스 팰컨스의 선수를 지낸 바 있는 랜돌프 케이치와 배즐 호턴이 두 번째 경주용 빗자루 제작 회사를 설립했다. 이 코밋 무역 회사가 시장에 내놓은 첫번째 빗자루는 **코밋 140**이었다. 140이라는

숫자는 케이치와 호턴이 제품을 출시하기 전에 시험해 보았던 빗자루의 개수라고 한다. 마법 특허를 받은 호턴-케이치 제동 마법 덕택에, 이제 퀴디치 경기 도중 선수들이 골대를 지나쳐서 날아가거나 경기장 밖으로 튀어 나가는 일이 훨씬 줄어들었다. 결과적으로 코밋 140은 영국과 아일랜드의 수많은 팀들이 가장 선호하는 빗자루가 되었다.

클린스윕과 코밋의 경쟁이 날로 치열해지는 가운데, 1934년과 1937년에는 성능이 개선된 클린스윕 2와 3이 연달아 시장에 출시되었고, 1938년에 코밋 180이 출시되었다. 유럽 전역에서는 또 다른 빗자루 제조 회사가 우후죽순 설립되었다.

틴더블래스트는 1940년에 처음으로 시장에 소개되었다. 앨러비와 스퍼드모어가 설립한 블랙 포레스트사에서 제작한 틴더블래스트는 대단히 탄력이 좋은 빗자루였지만, 코밋이나 클린스윕의 최고 속력에는 결코 미치지 못했다. 1952년 앨러비와 스퍼드모어는 새로운 모델인 **스위프트스틱**을 내놓았다. 틴더블래스트보다 훨씬 빨랐지만, 그럼에도 불구하고 스위프트스틱은 위로 치솟을 때 힘을 내지 못하는 경향이 있었다. 결국 프로 퀴디치팀에

경주용 빗자루의 발달

오크샤프트 79-1879

클린스윕 1-1926

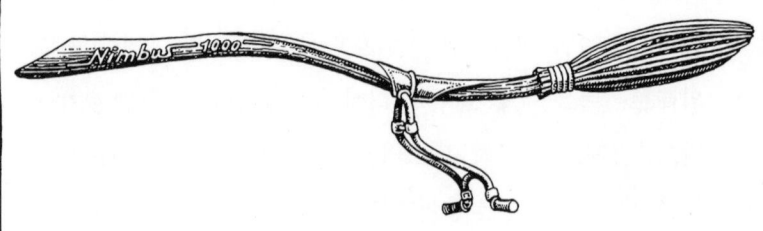

님부스 1000-1967

서는 이 빗자루를 절대로 사용하지 않았다.

1955년 유니버설 브룸스사에서는 **슈팅 스타**를 시장에 내놓았다. 그때까지 출시되었던 경주용 빗자루 중에서 가장 값이 싼 제품이었다. 시장 출시 초반에는 선풍적인 인기를 끌었지만, 불행하게도 시간이 갈수록 힘과 속력이 떨어진다는 사실이 밝혀졌다. 마침내 1978년에 유니버설 브룸스사는 빗자루 제작을 중단했다.

1967년에 님부스 경주용 빗자루 제작 회사가 설립됨으로써, 빗자루 업계에 커다란 변혁이 일어났다. 지금까지 **님부스 1000**과 같은 제품은 한 번도 만들어진 적이 없었다. 시속 160킬로미터까지 속력을 낼 수 있을 뿐만 아니라, 공중에서 제자리에 가만히 고정된 채 360도 회전을 할 수 있었다. 님부스는 옛날 오크샤프트 79의 안정성과 최신 클린스윕의 기동성 역시 두루 갖추고 있었다. 님부스는 출시 즉시, 유럽 전역에서 활동하고 있는 프로 퀴디치 팀이 가장 선호하는 빗자루가 되었다. 또한 잇달아 출시된 모델들(1001, 1500, 1700)이 명성을 이어 감으로써, 님부스 경주용 빗자루 회사는 이 분야에서 독보적인 위치를 차지하게 되었다.

1990년에 처음 생산된 **트위거 90**은 빗자루 제작자 플라이트와 바커가 빗자루 시장의 선두 주자인 님부스를 따라잡기 위해 만든 야심작이었다. 비록 마감이 훌륭하고 경고 장치나 자동으로 펼쳐지는 솔 등 여러 가지 비밀 장치가 장착돼 있었지만, 결정적으로 고속 주행에서 성능이 떨어진다는 사실이 밝혀져 결국 감각 없고 돈만 많은 부자들이나 타고 다니는 빗자루라는 좋지 못한 평판을 얻었다.

10

현대의 퀴디치

오늘날까지도 퀴디치 경기는 손에 땀을 쥐게 만들면서 전 세계 수많은 팬들을 사로잡고 있다. 요즘 퀴디치 시합 입장권을 구입하는 사람은 누구든지 뛰어난 실력을 자랑하는 선수들이 펼치는 멋진 광경을 볼 수 있다(물론 시합 시작 5분 만에 스니치가 붙잡히지 않는다면 말이다. 만약 그런 일이 발생한다면 누구든 본전 생각이 날 것이다). 각 선수와 경기가 만들어 낼 수 있는 최상의 결과를 끊임없이 모색해 온 오랜 역사 속에서 탄생한 고난이도 기술들이 이를 여실히 증명하는데, 그 기술 중 일부를 살펴보면 다음과 같다.

블러저 뒤로 치기

몰이꾼이 클럽을 뒤로 휘둘러서 블러저를 앞이 아니라 뒤로 보내는 기술. 정확성을 유지하기는 어렵지만, 상대 선수의 눈을 속이기에는 더할 나위 없이 좋다.

도플비터 방어

몰이꾼 두 사람이 동시에 온 힘을 다하여 블러저를 내리쳐, 블러저가 더욱더 강하게 상대방을 공격하도록 하는 기술.

더블에이트 루프

흔히 페널티 공격을 막아야 하는 파수꾼이 자주 쓰는 방어 기술로, 퀘플을 막기 위해 세 개의 골대 주위를 전속력으로 빙빙 돈다.

매 머리 공격 대형

추격꾼이 화살촉 모양으로 대형을 짜서 다 함께 골대를 향해 날아가는 비행술. 상대 팀 선수들에게 겁을 주어서 옆으로 비켜나도록 하는 데 효과적이다.

파킨스 핀서

'파킨스 핀서'라는 이름은 이 기술을 처음 고안했다고 알려진 위그타운 원더러스 창단 선수들의 이름에서 따왔다. 두 명의 추격꾼이 양쪽에서 상대 팀 추격꾼을 몰아세우는 틈을 타, 또 다른 선수가 그 추격꾼을 향해 곧장 돌진하여 공략하는 기술이다.

플럼턴 패스

스니치를 소맷자락으로 휙 낚아채는 수색꾼의 기술. 겉으로 보기에는 우연히 일어난 일처럼 보인다. 터츠힐 토네이도스의 수색꾼이었던 로더릭 플럼턴의 이름을 따서 지어졌다. 플럼턴 선수가 이 기술을 이용하여 1921년 스니치 잡기 기록을 갱신한 일화는 무척이나 유명하다. 비록 몇몇 비평가들이 단지 우연에 불과하다고 의혹을 제기했지만, 플럼턴은 죽을 때까지 의도적인 작전이었다고 주장했다.

포르스코프 플로이

쿼플을 가지고 있는 추격꾼이 빗자루를 타고 하늘 높이

날아오르면, 상대 팀 추격꾼은 그 선수가 득점을 하기 위해 날아오르는 것으로 믿고 일제히 그 뒤를 쫓아간다. 바로 그 순간 그 선수가 쿼플을 아래로 떨어뜨려서 동료 추격꾼이 받도록 하는 기술이다. 한 치의 오차도 없는 정확성이 이 기술의 성패를 좌우한다. 러시아 출신 추격꾼 페트로바 포르스코프의 이름을 따서 지었다.

역패스

추격꾼이 어깨 너머로 자기 팀 선수에게 쿼플을 던지는 기술. 정확성을 유지하면서 패스하는 것이 무척 어렵다.

나무늘보 매달리기

손과 발로 빗자루를 꽉 움켜잡은 채 밑에 대롱대롱 매달려서 블러저를 피하는 기술.

불가사리와 막대기

팔다리를 모두 쭉 뻗은 채, 한쪽 손과 한쪽 발을 빗자루 손잡이에 수평으로 걸쳐 방어하는 기술이다(그림7 참조). 주로 파수꾼이 사용한다. 팔다리를 걸칠 수 있는 막대기

그림 7

가 없다면 절대로 불가사리 기술을 시도해서는 안 된다.

트란실바니아 태클

1473년에 열린 월드컵에서 처음으로 공개된 이 기술은 상대 선수의 코를 향해서 주먹을 날리는 시늉을 하는 속

임수 기술이다. 실제로 신체 접촉이 일어나지 않는 한 이런 기술이 반칙은 아니지만, 양쪽 모두 빠른 속도로 날아가는 빗자루를 타고 있을 때는 주먹을 제때 뒤로 물리기가 무척 어렵다.

울런공 시미

오스트레일리아의 울런공 워리어스에 의해 완성되었다. 전속력을 다해 지그재그로 날아가면서 상대 팀 추격꾼을 모두 따돌리는 현란한 비행 기술이다.

브론스키 페인트

수색꾼이 마치 저 아래에 있는 스니치를 발견했다는 듯이 지상을 향해 전속력으로 돌진하다가, 땅바닥에 부딪히기 직전에 다시 위로 솟구치는 기술이다. 상대 팀 수색꾼으로 하여금 그 행동을 따라 하도록 유도해 땅바닥에 충돌시키는 것이 이 기술의 목적이다. 폴란드의 수색꾼 요세프 브론스키의 이름을 따서 지어졌다.

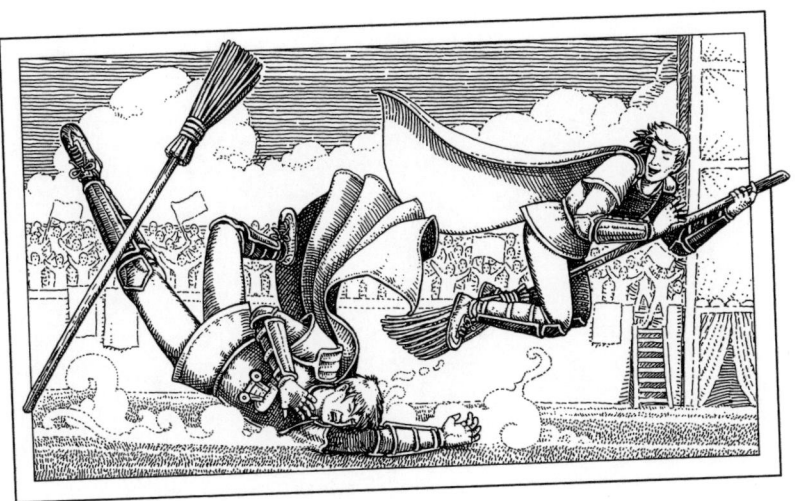

거티 케들이 퀴어디치 마시에서 '그 멍청이'들을 처음 목격한 이래, 퀴디치 경기는 상상할 수 없을 만큼 수많은 변화를 겪어 왔다. 아마도 거티 케들이 지금까지 살아 있다면, 그녀 또한 퀴디치의 매력과 힘에 전율했을 것이다. 부디 퀴디치가 대대손손 전해져서, 우리 후손들도 퀴디치 경기의 눈부신 순간을 즐길 수 있기를!

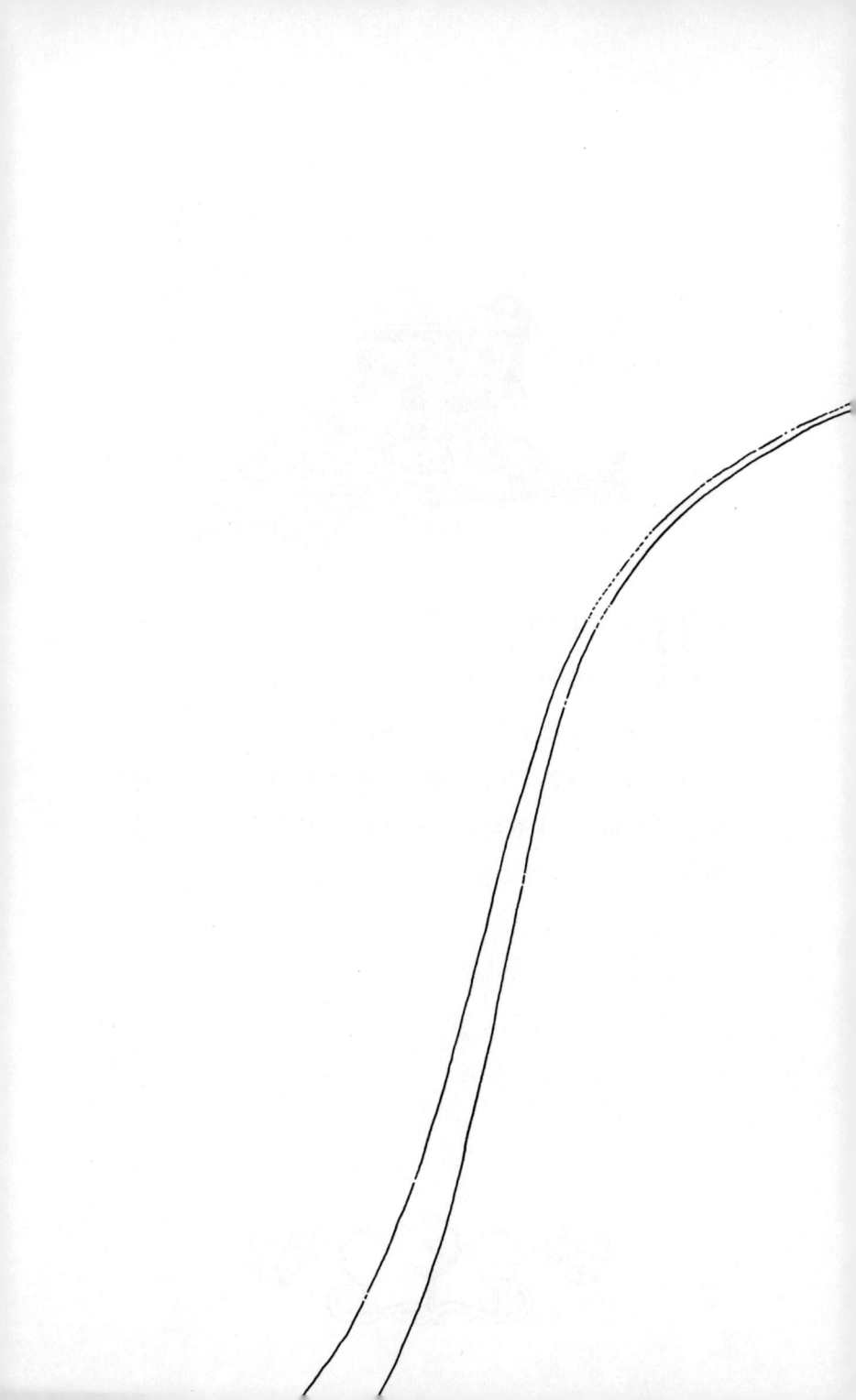

저자에 대하여

케닐워디 위스프Kennilworthy Whisp는 퀴디치 전문가로 알려져 있다(자기 표현에 따르면 열광적인). 그는 수많은 퀴디치 관련 연구서를 집필했는데, 《위그타운 원더러스의 불가사의》, 《그는 미친 듯이 날았다》('위험천만한 다이' 르웰린 전기), 《블러저 쳐내기: 퀴디치 수비 전략에 관한 연구》 등이 그의 대표작이다.

케닐워디 위스프는 주로 노팅엄셔의 자택과 위그타운 원더러스의 시합이 벌어지는 곳에서 시간을 보내며, 위그타운 원더러스의 시합이 있는 날이면 장소를 불문하고 달려간다. 취미는 주사위 놀이, 채식 요리 만들기, 골동품 빗자루 수집이다.

COMIC RELIEF UK

코믹 릴리프

덤블도어가 서문에서 적은 바와 같이, 이 아주 특별한 책의 판매로 모인 수익금은 영국과 세계 곳곳에서 어려운 삶을 사는 이들을 돕기 위해 영국의 자선 단체 코믹 릴리프에 기부됩니다.

2001년 이래로 J. K. 롤링이 코믹 릴리프를 위해 특별히 집필한 《퀴디치의 역사》와 《신비한 동물 사전》은 2천만 파운드(약 300억 원)에 가까운 마법 같은 수익을 올려 삶을 바꾸는 일에 공헌했습니다.

이번 새 개정판의 판매를 통해 모일 수익금은 전 세계 어린이와 젊은이 들이 안전하고 건강한 상태에서 충분한 교육을 받으며, 자율적으로 그들의 미래를 준비할 수 있도록 돕는 데 쓰일 예정입니다. 코믹 릴리프는 특히 갈등과 폭력, 방치와 학대로 인해 가장 어려운 환경에서 삶을 시작하려는 어린이들을 돕는 일에 큰 관심을 기울이고 있습니다. 우리는 전 세계 보호 시설에 있는 수백 수천 명의 어린이들이 가족의 품으로 돌아가, 그들의 잠재력을 발휘해 더 밝고 나은 미래를 만들어 가도록 적절한 교육을 받을 수 있게 도울 것입니다.

여러분의 성원에 감사하며 코믹 릴리프에 대한 보다 자세한 정보를 알고 싶으시면 comicrelief.com 혹은 트위터(@comicrelief), 코믹 릴리프 페이스북 페이지를 방문해 주시기 바랍니다!

Protecting Children. Providing Solutions.

루모스

전 세계적으로 800만 명의 어린이들이 고아원에서 살고 있으며, 그중 80%는 심지어 고아가 아닙니다.

많은 부모들이 가난해서 아이를 제대로 부양할 수 없다는 이유로 그들의 자녀를 고아원으로 보냅니다. 비록 많은 고아원들이 좋은 의도로 세워져 지원받고 있지만, 80여 년에 걸친 연구 결과에 따르면 고아원에서 자란 아이들은 건강과 발달에 손상을 입으며, 학대와 인신매매에 노출될 가능성이 높고, 행복하고 건강한 미래를 가꿀 수 있는 기회를 현격하게 적게 가집니다.

간단히 말해서, 어린이에게는 고아원이 아닌 가족이 필요합니다.

J.K. 롤링이 설립한 자선 단체 루모스는 〈해리 포터〉 시리즈에 나오는 어두운 장소에 빛을 가져오는 주문에서 그 이름을 따왔습니다. 루모스에서 하는 일이 정확하게 그런 것입니다. 루모스는 보호 시설에 숨겨진 아이들을 드러내고 보육 시스템을 전 세계적으로 바꾸어, 모든 아이들이 가족과 함께 그들이 마땅히 누려야 할 미래를 누릴 수 있도록 합니다.

이 책을 구입해 주셔서 고맙습니다. J.K. 롤링과 루모스와 함께 세상을 바꾸는 일에 함께하고 싶으시다면 wearelumos.org 혹은 트위터 아이디 @lumos, 루모스 페이스북 페이지에서 참여 방법을 확인하실 수 있습니다.

옮긴이 **최인자**

연세대학교 영어영문학과를 졸업하였다. 1992년 《조선일보》 신춘문예 평론 부문 당선으로 등단, 현재 문학평론가로 활동 중이다.

옮긴 책으로 《재즈》《로빈슨 크루소》《오페라의 유령》《이상한 나라의 앨리스》《외국인 학생》《음유시인 비들 이야기》《퀴디치의 역사》〈해리 포터〉 시리즈 등이 있다.

호그와트 라이브러리
퀴디치의 역사

초   판 1쇄 발행 2001년 7월 2일
초   판 12쇄 발행 2012년 4월 20일
개정3판 1쇄 발행 2022년 2월 23일
개정3판 3쇄 발행 2024년 4월 15일

지은이 | J. K. 롤링
옮긴이 | 최인자
발행인 | 김은경

펴낸곳 | 문학수첩리틀북
주   소 | 경기도 파주시 회동길 503-1(문발동 633-4) 출판문화단지
전   화 | 031-955-9088(마케팅부), 9532(편집부)
팩   스 | 031-955-9066
등   록 | 2001년 3월 29일 제03-01282호

홈페이지 | www.moonhak.co.kr
블로그 | blog.naver.com/moonhak91
이메일 | moonhak@moonhak.co.kr

ISBN 978-89-5976-219-4 04840
ISBN 978-89-5976-217-0 (세트)

「이 도서의 국립중앙도서관 출판예정도서목록(CIP)은 서지정보유통지원시스템 홈페이지(http://seoji.nl.go.kr)와 국가자료공동목록시스템(http://www.nl.go.kr/kolisnet)에서 이용하실 수 있습니다.(CIP제어번호: CIP2017026052)」

* 파본은 구매처에서 바꾸어 드립니다.